Elisabeth Dreisbach / Steffa Matt

ELISABETH DREISBACH

Steffa Matt

Ein Frauenschicksal
aus dem Hochgebirge

CHRISTLICHES VERLAGSHAUS GMBH
STUTTGART

1974
46.—50. Tausend
Umschlaggestaltung: Gotthold Ripp, Stuttgart
Gesamtherstellung: Druckhaus West GmbH, Stuttgart
ISBN 3-7675-0047-7

Das war ein Glitzern und Blinken, als hätte sich die Staffelalp zu einem Fest geschmückt. An jedem Blümlein am Weg, an jedem Grashalm auf den saftiggrünen Matten hingen wie glasklare Diamanten unzählige Tautropfen, in denen sich tausendfach die Sonnenstrahlen brachen. Und diese Luft da oben, so würzig und rein! Ein solcher Morgen im Bergland ist wie ein Geschenk aus der Hand des Schöpfers.

Obwohl es heute Sonntag war, stand Steffa Matt, die junge Sennerin, schon zu früher Stunde vor ihrer Hütte und blickte sinnend ins Tal. Sie hatte wieder einmal eine schwere Nacht gehabt; dunkle, unheilvolle Gedanken, deren sie sich nicht erwehren konnte, ließen sie keine rechte Ruhe finden. Das war in letzter Zeit oft so gewesen. Schließlich wurde es ihr tröstlich, als das Zwitschern der Vögel das Erwachen des Morgens kündete. Sie war aus dem Bett gesprungen und zum Brunnen vor der Hütte geeilt, um Morgenwäsche zu halten. Ah, wie sie das klare Quellwasser liebte!

So erfrischt, erlebte sie den wundervollen Sonnenaufgang. Dieses überwältigende Schauspiel war für Steffa nichts Neues, da der frühe Morgen sie ja täglich an ihre Pflichten rief; aber dennoch war ihr das Erwachen des Tages, dieses sieghafte Aufsteigen der Sonne jedesmal ein neues Erleben und ein Geschenk.

So stand sie auch jetzt, atmete tief auf, als wolle sie den letzten Rest des unheimlichen Bangens, das sie während der ganzen Nacht gequält hatte, von sich schütteln. — Ob es ihr wohl gelang?

„Wie schön, wie wunderschön!" sagte sie und blickte im Genuß dieser reinen Freuden um sich.

Steffa war ein Kind der Berge, war hier im Walsertal aufgewachsen und noch nie über ihr Tal hinausgekommen. Trotzdem war sie des Schauens und Bewunderns bisher nie müde geworden. Daß man an solch gewaltiger Schönheit der Natur unberührt vorbeigehen konnte, war ihr unbegreiflich. Einmal, es war im letzten Schuljahr gewesen, hatte sie das Glühen der drei Schafalpen in solch ein Entzücken versetzt, daß sie eine ihrer Schulkameradinnen, die neben ihr ging, am Arm gefaßt und auf die leuchtenden Bergriesen hingewiesen hatte: „Sieh doch, wie wunderbar!" Diese aber hatte sie erstaunt angesehen und fast geringschätzig gemeint: „Nein, wie du tust; das hat man doch schon tausendmal gesehen." Dann begann die Freundin von dem teuren Stoff zu sprechen, den ihr die Mutter zu einem neuen Trachtenrock gekauft hatte. Darüber zu sprechen erschien ihr lohnender, als sich in Naturschwärmereien zu ergehen. — Da war in Steffas Augen plötzlich ein Licht erloschen. Fremd hatte sie die Gespielin angeblickt und war schweigend davongegangen. Die andere aber hatte hinter ihr hergerufen: „Geh, du bist fad!"

So oder ähnlich war es dann noch manchmal gewesen. Oft hatte Steffa unverstanden abseits gestanden, weil sie, obwohl sie mit den andern aufgewachsen war, innerlich in einer ganz andern Welt lebte als diese.

Seit sie ganz hier oben auf der Alm lebte, war sie noch weit inniger mit all dieser Gottesschönheit verbunden. Ganz gewiß gab es auf der weiten Erde kein schöneres Plätzchen als die Staffelalp. — Kein Wunder, daß Tobias hier oben auch wieder froh geworden war! Tobias! — Da war es wieder, was sich so schwer auf ihr Herz legte und selbst vor dem strahlendsten Sonnenschein und all dem Wundervollen rings um sie her nicht weichen wollte. — Und nun machten sich ihre unruhigen und sehnsuchtsvollen Gedanken wieder auf den Weg in die Ferne — zu eng wurde es ihnen im lieblichen Heimattal. Wo weilte er, dem sie sich so gerne anvertraut hätte? — Sie war allein mit all dem Bangen und Sorgen, allein mit der Last, die sie trug. Und sie würde wohl auch ihre schwere Stunde allein durchleben müssen, ohne eine Hand auf ihrer Stirne und die Nähe eines geliebten Menschen zu fühlen, um dessentwillen man willig alles Schwere auf sich nahm.

In den ungezählten Tautropfen erlosch das strahlende Funkeln. Der Himmel hatte sich bewölkt, die Sonne war hinter einer Wand verschwunden. Müde wandte sich Steffa Matt zur Hütte, um ihre Tagespflichten aufzunehmen.

*

In dem stets mit frischen Blumen geschmückten Herrgottswinkel der Sennhütte stand auf einem schmalen Wandbrett ein kleines, hölzernes Kästchen, in dem Steffa Matts heimlichste Gedanken wohlverwahrt lagen. Ganz unten im Kästchen befand sich der Brief, den sie vor etlichen Monaten geschrieben hatte. Darauf lag das schwarze Büchlein, in das sie gewöhnlich des Sonntagnachmittags ihre Eintragungen machte. Auf der ersten Seite des Büchleins stand in sauberen, klaren Schriftzügen: An Tobias Heidemann! Der Inhalt des Briefes aber lautete so:

Lieber Tobias!

Nun dauert es nur noch kurze Zeit, bis unser Kind geboren wird — unser Kind — Dein Kind, von dessen Dasein Du nichts weißt. Ich schreibe diesen Brief, weil es doch möglich wäre, daß ich bei der Geburt sterbe. Zwar möchte ich leben — leben für das Kind, an dem wir uns versündigt haben. In all den bangen Wochen, die hinter mir liegen, ist es mir klar geworden, welch großes Unrecht es ist, ein Kind ins Leben zu stellen, ohne daß man ihm Heimat und Familie bieten kann. Wenn ich ihm erhalten bleibe, dann soll es wahrlich nicht heimatlos sein. Mein Leben, mein ganzes Sinnen und Denken soll ihm gehören. Ich habe der Mutter Gottes gelobt, auf jedes eigene Glück zu verzichten und nur allein für das Kind da zu sein, damit es nie fühlen soll, daß es kein Elternhaus hat. Sieh, Tobias, daran hätten wir beide denken müssen! Aber wir dachten nur an uns und nicht an das Kind, weil wir gar nicht mit ihm rechneten. Und das ist unsere Schuld an ihm. Nun sind wir nicht einmal imstande, ihm das zu geben, was sein gutes Recht ist: Heimat und Familienleben.

Ich weiß nicht, wo ich Dich suchen soll. Vielleicht hast Du es vergessen, mir Deine Anschrift zurückzulassen, oder deine Gründe dabei gehabt, sie mir zu verschweigen. Ich könnte zwar leicht drunten im Gasthof nach Dir forschen, aber dann würde ich unser Geheimnis verraten, und meine Mutter würde es sicher erfahren. Davor möchte ich Dich bewahren. Auch will ich mich nicht aufdrängen und ruhig warten, bis Du von selbst wieder zu mir kommst. In der Zeit des einsamen Wartens habe ich oft daran denken müssen, daß Du einmal gesagt hast, nichts sei schlimmer, als wenn sich Liebe in Verachtung wandle. Damals dachte ich diesem Wort nicht weiter nach. Ich war ein Kind und bin wohl erst im Wissen um mein Mutterwerden verständiger geworden. Heute nun glaube ich zu wissen, daß Du nicht frei, nicht ungebunden bist. Du hast ein Weib und kannst nicht los von ihm, sonst wärest Du gewiß wieder zu mir zurückgekehrt. Wenn dem so ist, dann sind wir doppelt schuldig geworden, schuldig an Deiner Frau, schuldig an unserem Kind. Ich bitte Gott, daß er mir meine Liebe zu Dir verzeihe, falls sie ein Unrecht war. — Nun habe ich Tag und Nacht nur eine Sorge: die Sorge um das Kind. Ach, wenn ich ihm nur erhalten bliebe. Wie wollte ich es mit Liebe umgeben und alles tun, damit es nichts entbehre, obgleich ich ihm Vaterliebe und väterlichen Schutz nie werde ersetzen können.

Sollte ich sterben müssen, so bitte ich Dich, nimm Dich Deines Kindes an. Ich habe auch meiner Mutter einen Brief geschrieben und sie gebeten, nach Dir zu suchen, damit Du Dich um das Kind kümmerst und es nicht etwa ohne Mutter- und Vaterliebe aufwachsen lässest. Ich weiß, Du wirst meine letzte Bitte achten, weil Du mich liebgehabt hast.

Hab Dank und sei von Herzen gegrüßt von Deiner

Steffa.

Auf den ersten Seiten des schwarzen Büchleins war zu lesen:

Gott hat meine Bitte erhört. Ich lebe und bin meinem Kinde erhalten geblieben. Ein Büblein ist's, ein herziges, liebes Büblein mit blauen Augen und einem Grübchen im Kinn. Ich muß weinen vor lauter Glückseligkeit, daß dieses kleine Menschenkind mir, mir ganz allein gehört. Nein, so ist's nicht ganz recht. Seinem Vater gehört es auch, aber er weiß ja nichts von ihm, seinem lieben, kleinen Sohn. Mir hat das Herz gebrannt, ihm zu schreiben; ich meinte, er müsse es wissen, daß ihm ein Kind geschenkt worden sei — aber ich wage es nicht. Irgendetwas hält mich zurück. Ich komme von dem Gedanken nicht los, daß er eine Frau hat. Gesagt hat er mir's zwar nicht, aber ich meine es doch zu wissen. Nein, ich kann's ihm nicht mitteilen, daß mein kleiner Jos da ist. Schließlich freut's ihn gar nicht, und seine Frau, wenn er eine solche hat, würde ganz gewiß nicht mit guten Gedanken an das Kind denken. Das aber ertrüge ich nicht. — Und außerdem: die Mutter würde es niemals zugeben, daß ich mit dem Fremden, den sie haßt, weil er, wie sie immer wieder sagt, mich in's Unglück gestürzt hat, Verbindung suchte.

Das alles will mir das Herz schwer machen. Ich weiß oft nicht, was ich tun soll. Ich kann nun einmal nicht in Groll an Tobias denken. Von Herzen lieb gehabt hab' ich ihn, und kann ihn mir niemals als einen schlechten Menschen vorstellen. Ist es ein Unrecht, daß ich ihm noch heute gut bin? Gott mög' mir's verzeihen.

Nun habe ich mein Kind. Für dieses Kind, meinen kleinen Jos, will ich leben, will ihm eine gute Mutter sein. Gott helfe mir!

Auf dem nächsten Blatt standen nur wenige Zeilen.

Ich bin wieder auf, und gleich gibt's Arbeit genug. Jeden Tag macht mich das Kind glücklicher. Es hat heute zum erstenmal gelächelt. Wenn das sein Vater sehen könnte! Für ihn will ich diese Zeilen schreiben

Vielleicht, daß er doch einmal wieder meinen Weg kreuzt, und dann ist er froh, wenn ich ihn auf diese Weise an meinem Erleben mit unserem Kind teilnehmen lasse. — O Tobias!

Die Heiligenwirtin hat mich nicht besucht. Sie grollt mir, wie alle anderen. Ja, wenn Josis Vater einer der Unsrigen aus den Bergen wäre, mich heiraten und mir meine Ehre wiedergeben würde! Aber so halten sie mich alle für schlecht. Die Verachtung tut weh. Aber ich will tapfer sein, für dich, mein Kind, für dich! Schlecht sein wollte deine Mutter nie.

Ich kann es kaum erwarten, bis ich mit Jos auf die Alp gehen kann. Wie schön wird das sein: wir beide allein dort oben!

So oft Steffa Matt ihren kleinen Jungen, der in der alten Korbwiege schlummerte, ansah, forschte sie, ob sich in dessen lieblichem Gesichtchen nicht bereits jetzt etwas von der Art seines Vaters widerspiegele, und hoffte, daß solche Merkmale immer mehr und stärker zum Vorschein kommen möchten.

Sie wußte so wenig von dem Vater ihres Kindes — und wußte doch alles. Ein Suchender war er gewesen und war es wohl heute noch. Oft, wenn der kleine Jos seine Augen aufschlug, die groß und von tiefem Blau waren, wenn er — kaum vier Monate alt — fragend und staunend um sich blickte, hinauf in die Wipfel der Tannen, unter die Steffa bei gutem Wetter die Wiege trug, oder hinüber in die Weite der Berge, oder wenn er in das liebevoll über ihn geneigte Antlitz seiner Mutter sah, dann meinte sie schon jetzt zu wissen, daß auch er einmal zu den Suchenden gehören werde.

Steffa neigte sinnend den Kopf, auf dem die dunklen Flechten wie eine Krone ruhten. Ein Seufzer entstieg ihrer Brust. War nicht auch sie eine Suchende? — Waren es nicht alle Menschen? Alle? — Was wußte sie von den anderen? — Ja, die da unten in den Dörfern wohnten, mit denen sie in den neunzehn Jahren ihres Lebens zusammengelebt hatte, die kannte sie wohl, so wie man eben einen Menschen kennt, dem man fast täglich begegnet, mit dem man auf der Schulbank gesessen, mit dem man die Kühe auf die Alp getrieben und die Milch ins Tal hinuntergetragen hat. — Waren dies auch Suchende? — Es war unter ihnen nicht üblich, über solche Dinge zu reden. Aber warum sollte es ihnen anders ergehen als ihr, die mitten unter ihnen lebte? — Oder lebte sie doch abseits von ihnen? Oft schien es ihr so, als gehöre sie gar nicht mehr zu ihnen. War sie nicht selbst der eigenen Mutter fremd geworden?

Es kam wohl darauf an, was man suchte. Sie wußte es wohl, das Suchen der Mädchen ihres Alters war auf eine gute Heirat gerichtet. Da wurde Geldstück um Geldstück zurückgelegt zur Anschaffung einer ausreichenden Aussteuer; da regten sich die Hände, um Truhen und Kästen vollzukriegen. Das war Inhalt und Ziel ihrer Wünsche. So sah ihr Suchen aus. Und die Burschen dachten ähnlich: ein Stall voll Kühe, genügend Weideland, eine schaffige Frau, die womöglich etwas Vermögen zubrachte — danach strebten sie. — Und die anderen? Die Älteren, Gereiften? Hatten die aufgehört zu suchen? Waren sie zufrieden mit dem, was ihr mühereiches Leben ihnen einbrachte? — Was sich in Steffa immer wieder regte, was sie suchte, war mehr als das. Und Tobias, der Vater des kleinen Jos?

Er war ja in allem so ganz anders gewesen als die übrigen Menschen, die sie bis dahin kennengelernt hatte.

Und nun war er fort, — weit fort, in der Welt, die sich jenseits der heimatlichen Berge ausbreitete, die ihre Tore nie für sie, das Kind der Alpen, öffnen würde. Die Städte und Dörfer jenseits der Berge waren ihr unbekannt. Die Mutter hatte sie bisher in ihrer unbesorgten Art daran gehindert, weiter als in das drei Stunden abwärts gelegene Oberstdorf zu kommen. „Teufelsstätte" nannte die Mutter die Welt außerhalb der heimatlichen Berge. Nie, nie sollte ihre Tochter dieses Land betreten. So wußte Steffa nicht viel von den Menschen draußen. Manches war ihr wohl aus Büchern bekannt geworden. Aber die Mutter hatte immer behauptet, darauf könne man nicht gehen, Papier sei geduldig, und es gebe keine größeren Lügner als diese Federfuchser. Es mußte ja freilich schlimm zugehen da draußen, sonst wäre Tobias dort doch heimisch gewesen und hätte nicht mit seiner großen Sehnsucht in die Einsamkeit der Berge zu flüchten brauchen.

Ein Schatten senkte sich auf das Gesicht der jungen Mutter, die, noch immer über die Wiege gebeugt, schweigend das schlafende Kind betrachtete. Über das kleine Gesichtchen in dem rot-weiß gewürfelten Kissen irrte einen Augenblick ein süßes Lächeln. Es genügte, um Steffas Sorgen zu verscheuchen. Nur selten nahmen die schweren Gedanken so stark von ihr Besitz, daß sie sich nicht von ihnen zu befreien vermochte. Auch jetzt raffte sie sich auf, warf den schön geformten Kopf zurück, hob die Wiege mit kräftigem Griff auf und trug sie tiefer in den Schatten der alten Bäume, die schützend ihre Äste über den kleinen

Schläfer breiteten. Dann schritt Steffa lautlos auf ihren bloßen Füßen über den moosbewachsenen Boden und durch das taufrische Gras hinüber zu drei dort weidenden Schafen. Eines der Tiere war erst gestern auf die Alp heraufgebracht worden und noch nicht ganz heimisch. Sie mußte ab und zu nach ihm sehen. Die beiden älteren liefen ihr blöckend entgegen, drängten ihre Köpfe an Steffas Knie und ließen sich von ihr liebkosen. Das Neue guckte blöde herüber, ließ es sich jedoch auch gefallen, daß die Sennerin seinen Kopf kraulte.

Steffa warf einen Blick hinauf zur Hochalm, wo die Kühe weideten. Harmonisch tönte das vielstimmige Geläute der Kuhglocken. Da oben war alles in Ordnung. Sie konnte beruhigt zurück zur Hütte gehen, wo noch mancherlei Arbeit auf sie wartete. Aber sie kam nur bis zum Kapellchen. Es war wieder einmal ein Tag, an dem sie nicht loskam von den Erinnerungen der Vergangenheit, und gerade das Kapellchen mahnte immer wieder an das erste Zusammentreffen mit Tobias.

Steffa trat näher zu dem kleinen Steinhäuschen, das, kaum einen Meter hoch, als Schutz für die Alp an den Wegrand gebaut war. Die an der Vorderseite eingebaute offene Nische zeigte ein eigenartiges Gemälde, ein Landschaftsbild, das dem der nächsten Umgebung merklich glich. Vor dieser Landschaft stand das Muttergottesbild, zu dessen Füßen ein zierliches Mooskränzchen niedergelegt war.

Hier, an diesem kleinen Bergaltar, war Tobias ihr zum ersten Male begegnet. Im Mai des vergangenen Jahres war es gewesen. Der Frühling war verhältnismäßig zeitig ins Land gezogen. Man hatte das Vieh früher als üblich auf die Alpen getrieben. Die Bergmatten waren mit blauem Enzian wie besät, weiße Berganemonen und zartfarbene Krokusse blühten überreich. Sie, Steffa, war wie jedesmal nach dem Aufstieg vom Tal von aller Schönheit um sie her wie berauscht. Aus überfrohem, dankerfülltem Herzen hatte sie der Gottesmutter einen Blumenstrauß gebracht, und damit schien es ihr noch nicht genug zu sein. Sie war gegangen, hatte ihre Schürze mit den blauen Sternen des Enzians gefüllt und sich damit vor dem Kapellchen niedergelassen, um ein Blumengewinde zu flechten. Wie ein Kind hatte sie sich am Gelingen ihres Werkes gefreut, nicht ahnend, daß halb verborgen hinter den Stämmen der Tanne einer saß, der sie beobachtete und versuchte, mit flüchtigen Strichen das schöne Bild, das sich ihm bot, in seinem Zeichenblock festzuhalten. In dem Augenblick, als sie sich erheben und ihr Blumenband um das Kapellchen schlingen wollte, rief eine Stimme: „Sitzen bleiben, bitte, nur noch einen Augenblick!"

Steffa war wieder in die sitzende Stellung zurückgesunken, den Blick fragend in die Richtung sendend, aus der die Bitte an ihr Ohr gedrungen war.

Von da ab hatte der Maler sich beinahe täglich eingefunden. Gerade hier oben auf der Staffelalp hatte man einen herrlichen Ausblick in die gegenüberliegenden Schafalpen, deren würdige Häupter mit Schnee bedeckt blieben, wenn die Alpmatten schon längst im Schmucke unzähliger Blumen prangten.

Steffa begriff das Entzücken des Fremden beim Anblick der Landschaft nur zu gut, ging ihr selbst doch nichts über die Staffelalp, in deren Hintergrund der Heuberg mit seinen weiten Weiden sich hinzog. Zu beiden

Seiten der Hütte Steffas standen mächtige Tannen wie treue Wächter. Die Hütte selbst schmiegte sich in eine Buchtung des Berges, welche die prächtige Aussicht hinunter ins Tal freigab. Dort lag Mittelberg, das Heimatdorf Steffas.

An der gegenüberliegenden Seite erhob sich die Bergkette mit ihren schroffen Felswänden, von denen aus die saftiggrünen Matten talwärts strebten. Unten im Tal schäumte die Breitach, die im Mai wie ein silbernes Band im Schein der Sonne glänzte, tosend, wühlend, aufgepeitscht und aufgeregt von dem sich jedes Jahr wiederholenden Frühjahrserlebnis, das mit Föhn und Schneeschmelze Lawinen verursachte.

Hier wolle er malen, hatte Tobias Heidemann gesagt, nachdem er, in das prachtvolle Naturbild versunken, eine ganze Weile schweigend gestanden hatte. — Das müsse sein Meisterstück werden. Und Steffa hatte lebhaft zugestimmt. Ja, es gäbe gewiß kein schöneres Plätzchen, und er müsse es malen, wie es am Abend sei, kurz bevor die Sonne den Bergen Gute Nacht sage und ihre ganze Glut und Farbenpracht über sie ergieße. Verwundert hatte Tobias das Mädchen angesehen. Woher kam diesem Kind der Berge solche Ausdrucksweise?

„Wie heißt du?" fragte er.

„Steffa", antwortete sie und blickte ihn freimütig an. „Steffa Matt."

Das war der Anfang gewesen. Nach dieser ersten Begegnung war der Maler Tag für Tag heraufgestiegen. Er wohnte in einem Hirschecker Gasthaus und wollte den Sommer im Walsertal verbringen, um für seine Bilder Motive zu sammeln, reine, unverfälschte Motive, die ihm helfen sollten, etwas von der gewaltigen Harmonie der Bergwelt hinauszutragen in die Städte mit ihrem Lärm, mit ihrer ewigen Hast und Unruhe, um den Menschen zu sagen: Seht, es gibt noch etwas anderes als das, was ihr Glück nennt; es gibt noch reine, unverdorbene Schönheit. Das war es, was er wollte. So hatte er gesprochen, und Steffa hatte ihm ernsthaft zugehört.

„Ich kenne die Städte jenseits unserer Berge nicht", hatte sie erwidert, „aber ich weiß, daß es nirgends schöner sein kann als bei uns. Erzählet mir etwas, Herr, von dem Leben da draußen."

Er aber hatte mit einer müden Handbewegung geantwortet, so, als schiene er sie nicht zu lieben, die Welt jenseits der Berge. — Ob die Mutter doch recht hatte?

Steffa war dann ihrer gewohnten Arbeit nachgegangen. Es gab ja ständig zu tun. Die zehn Kühe der „Drei Heiligen" wollten versorgt sein, die Milch mußte ins Tal befördert, der Käse zubereitet und gepreßt werden. Die Sennerei forderte ihre ganze Kraft. Aber es war für Steffa ein gänzlich neues und beglückendes Gefühl, den schaffenden Maler unter den Tannen drüben am Rande des Wäldchens sitzen zu wissen. Sie war Fremde gewöhnt. Zu jeder Jahreszeit stellten sie sich ein. Sie brachten Geld ins Tal. Trotzdem liebte man sie nicht sonderlich. Ihr häufiges, oft überlegenes Fragen über Dinge der Landwirtschaft und örtliche Sitten und Gebräuche wirkte abstoßend. Dabei kamen sie sich furchtbar wichtig vor, wenn sie in ihrer sportlichen Ausrüstung die ersten Anhöhen des Gebirges bestiegen und von da ihre Ansichtskarten in die Welt schickten. Es war ihnen abzuspüren, wie hoch sie ihre „Leistungen" einschätzten. Natürlich waren längst nicht alle so; aber eine gewisse Zurückhaltung wurde fast allen gegenüber beobachtet. Steffa selbst war Fremden gegenüber stets scheu gewesen. Die Mutter wollte es schon nicht anders. Außerdem lag es nicht in ihrer Art, sich schnell irgend jemand anzuschließen.

Mit Tobias aber war es von Anfang an anders gewesen. Wohl sprachen sie in den ersten Tagen nicht viel miteinander. Er war so in seine Arbeit vertieft, daß er Essen und Trinken darüber vergaß. Dann trug sie Milch und Käse zu seiner Staffelei.

„Herr, Ihr habt seit Stunden nichts zu euch genommen." Er dankte ihr solche Fürsorge mit warmem Blick, ließ sich jedoch nicht stören und arbeitete unermüdlich weiter. Nur wenn Nebel oder Regenwolken ihm die Sicht hinderten, ließ er sich in ein Gespräch ein, und es zeigte sich, daß er ein ernstdenkender Mensch war, den das Leben schweigsam und verschlossen gemacht haben mußte. Einzelheiten erzählte er nie. Aber Steffa empfand mit ihrem reinen, unverdorbenen Gemüt, daß des Fremden Leben viel Schweres barg. Übrigens blieb er ihr nicht lange ein Fremder. Täglich freute sie sich auf sein Kommen, schaute schon in der Morgenfrühe nach ihm aus und spornte ihn, ohne es selbst zu wissen durch ihr warmes Interesse und ihr erstaunliches Urteil zu froher Arbeit an.

So entspann sich ungesucht ein Freundschaftsverhältnis zwischen diesem weltfremden Kind der Berge und dem weltflüchtigen Manne, der den Lärm und die Unrast der Städte mied, weil ihm das Leben, wie er glaubte, übel mitgespielt hatte.

Tobias Heidemann kam aus München. Die Kunst war sein Lebensinhalt. Als junger Mann hatte er den Weltkrieg mitgemacht, war ernst und grüblerisch aus ihm zurückgekehrt und hatte gehofft, Marietta Concordi, die Sängerin, könne ihm wieder zur Lebensfreude verhelfen. Sie wurde seine Frau. Die Kunst hatte die beiden zusammengeführt. Wäre es die Liebe gewesen, das Bündnis hätte von längerem Bestand sein müssen. Aber schon bald nach der Eheschließung erkannte Heidemann seinen großen Irrtum. Er hatte wohl lange noch gehofft, sie würden den Weg zueinander finden, würden sich gegenseitig verstehen lernen und sich einer dem anderen anpassen; aber das schien aussichtslos zu sein, zumal Marietta ihn betrog. Vor einigen Monaten hatte sie ihn nun endgültig verlassen, um an der Seite eines anderen Mannes glücklich zu werden, der, wie sie ihm mitteilte, ihrer Wesensart größeres Verstehen entgegenbrachte. Das allerdings mochte schon stimmen, denn ihm, Tobias, war es unmöglich geworden, ihrem sprunghaften Denken und Handeln gegenüber Verständnis aufzubringen. Aber in eine Scheidung einzuwilligen, wie sie das wollte, vermochte er nicht so ohne weiteres. Sie konnte ihn darin nicht begreifen; ihm aber wollte der Gedanke nicht eingehen, ein Versprechen aufzuheben, das fürs ganze Leben gegeben war.

Nun hatte er sich in diese Bergwelt zurückgezogen, war bewußt den Menschen aus dem Wege gegangen, um mit sich selbst ins reine zu kommen.

Und nun begegnete ihm Steffa, dieses Kind der Berge, mit dem lauteren, unverdorbenen Herzen, mit ihren klaren, unverbogenen Ansichten. Es mußte eine Lust sein, dieses begabte Menschenkind zu bilden! Aber würde es dadurch nicht seine feine Ursprünglichkeit und natürliche Frische verlieren? Nie sprach Tobias zu Steffa von den Enttäuschungen seines Lebens, nie erwähnte er seine Frau. Er fürchtete, sie würde dadurch erschreckt werden und sich von ihm zurückziehen, oder ihm doch nicht mehr so harmlos und fröhlich wie bisher begegnen können. — So saßen sie oft plaudernd zusammen und freuten sich an der sie umgebenden Schönheit. Die Blätter seines Skizzenbuches gaben Steffa auf alle mögliche Art wieder. Tobias hatte sie gezeichnet, wie sie Kühe von der Weide holt. Die gutgepflegten stattlichen Tiere drängen sich um ihre Hüterin; Steffa hat ihre Arme um den Hals zweier Jungtiere gelegt und schreitet singend zwischen ihnen einher. Dabei sieht sie nicht aus wie eine grobe Kuhmagd, sondern wie ein zierliches Naturkind, das sich in seiner schönen Heimat wie in einem Königreich fühlt. Tobias' Stift hat sie auch festgehalten, wie sie mit der Milchbütte auf dem Rücken talwärts steigt. Schwer ist die Last, hat sie doch täglich zweimal mehr als dreißig Liter zur unteren Alp zu tragen, von wo aus die Milch mit der kleinen Hand-Seilbahn ins Dorf befördert wird. Steffas Gang ist trotz der Bürde elastisch und ihr Haupt frei erhoben. — Sie ist ein prächtiges Mädchen.

Das Gemälde war längst fertiggestellt. Heidemann glaubte, daß es sein bestes Werk sei. Er hätte jetzt die Staffelalp meiden können, aber es fehlte ihm etwas, wenn er Steffa nur wenige Tage nicht sah. Das müßte Marietta wissen! Er versuchte einen Vergleich zwischen beiden zu ziehen, ließ aber im gleichen Augenblick wieder davon ab. Marietta, die stolze Schönheit, gehörte einer gänzlich anderen Welt an als Steffa. Was ihn wohl so zu diesem einfachen Bergkind hinzog? Es mußte Steffas lautere Natürlichkeit sein, die nach all den Enttäuschungen mit seiner Frau so wohltuend und beruhigend auf ihn wirkte. — — Aber er wollte sich jetzt darüber nicht den Kopf zerbrechen, er wollte die Schönheit dieser Sommertage genießen, ohne sich mit Problemen zu befassen.

Und doch ertappte er sich immer wieder dabei, wie seine Gedanken mit Steffa gingen. Es lag ihm gänzlich fern, mit dem Mädchen irgendwie ein leichtes Spiel treiben zu wollen. Wie hätte er das auch vermocht! Wenn Steffas Kinderaugen ihn so vertrauend anblickten, fühlte er jedesmal, wie unrecht es wäre, ein solches Vertrauen zu mißbrauchen. Vielleicht mehr unbewußt empfand Tobias dann auch, wie echte, reine Weiblichkeit den Mann in seinen Schranken hält und das Gute in ihm stärkt. Daß er sich mit seiner Frage an Steffa, ob es nicht gefährlich sei, so ganz allein hier oben in den Bergen zu wohnen, doch zu weit vorgewagt hatte, ahnte Tobias nicht gleich. „Herr, wer sollte mir hier etwas tun? Es ist mir bisher noch kein arger Mensch begegnet." So hatte Steffa erwidert und dabei erstaunt den Maler angesehen, um gleich darauf ihre Hütte mit einem warmen Blick zu umfassen. Tobias aber sah zur Seite.

Steffas Sennhütte war im Vergleich zu anderen in der Gegend ein wahres Schmuckkästchen. In der wohl rauchgeschwärzten, aber blitzsauberen Küche glänzte der große Kupferkessel spiegelblank über der offenen Feuerstelle. Sauber geordnet stand das wenige Geschirr auf dem Wandbrett. Tisch und Stuhl waren weiß gescheuert und auf dem felsigen Boden wurde kein Schmutz geduldet. Die gleiche Sauberkeit herrschte in der an die Küche sich anschließenden kleinen Stube. Die Einrichtung war denkbar einfach, aber Steffa verstand doch, ihr kleines Heim wohnlich einzurichten und zu schmücken. Blauweiß karierte Vorhänge zierten die winzigen Fensterscheiben, und auf dem groben Tisch grüßte stets ein frischer Strauß Alpenblumen. Dann blieb noch die schmale Kammer, in der sich Steffas sauberes Bett und der uralte Schrank mit den buntbemalten Türen befanden. In der Stubenecke durfte natürlich der Herrgottswinkel, das Kruzifix mit dem hölzernen Rosenkranz, nicht fehlen. Von der Küche aus konnte man durch eine kleine Türe in den Stall gelangen. Dieser war im weiten Umkreis der gepflegteste. „Auch die Tiere wollen ihre Ordnung haben", sagte Steffa. „Auf der Alp gilt die Fürsorge in erster Linie ihnen."

Tobias Heidemann bewunderte Steffa im stillen. Ihm erschien ihre Arbeit für ein achtzehnjähriges Mädchen viel zu schwer, und er begriff nicht, wie Steffa all ihre Pflichten mit einer geradezu spielenden Leichtigkeit erfüllte. Es mußte doch gewiß anstrengend sein, täglich zweimal zehn Kühe und drei Schafe zu melken, die Tiere zu versorgen und den Stall in Ordnung zu halten. Sie aber lachte, wenn Tobias das aussprach: „Dabei habe ich schon als Achtjährige geholfen."

Eines Tages hatte Heidemann gebeten: „Steffa, erzähle mir doch einmal von deiner Kindheit. Leben deine Eltern noch? Hast du noch mehr Geschwister? Jetzt komme ich täglich hier herauf und weiß eigentlich gar nichts von dir."

Sie hatten dann nebeneinander auf dem Bänkchen vor der Hütte gesessen. Der Abend neigte sich und die Schafalpen leuchteten in der Glut der sinkenden Sonne ganz wunderbar. Steffa hatte dieses Schauspiel wohl schon hundertmal gesehen. aber immer wieder überwältigte es sie. Während sie mit im Schoß gefalteten Händen, den Kopf an die Hüttenwand gelehnt, dasaß, wandte sie kein Auge von der in Glut getauchten Gebirgskette, bis plötzlich die Berge zu erbleichen begannen. Rasch löste farblose Starre die leuchtende Glut ab. Ein Gefühl wie bei der Nähe des Todes durchzog sie. Sie blickte zu Heidemann auf und sagte: „Herr, wenn so das Sterben ist, dann kann es nicht schwer sein."

Tobias merkte, daß sie seine Frage nach Eltern und Geschwistern vollständig überhört hatte. Er wiederholte sie auch nicht, sondern ging auf ihren Gedankengang ein, der ihn wieder einmal über sie staunen ließ.

„Ob das Sterben schwer ist? — Steffa, was wissen wir davon? — Wir kennen so wenig vom wahren Sinn des Lebens, wie sollten wir uns ein Urteil über den Tod erlauben! Meine Mutter — sie ist eine fromme Frau — würde jetzt wahrscheinlich von der Pforte des Himmels oder vom Heimgang ins Vaterhaus reden, — aber ich kenne mich da nicht aus."

„Glaubt Ihr auch nicht an das Fegefeuer?" fragte Steffa und blickte ihn forschend an.

„Fegefeuer?" wiederholte er. „Doch, Steffa, wenn auch in einem anderen Sinne wie du. Manch einer muß schon hier auf Erden durchs Fegefeuer." Er schwieg eine Weile, um dann fast leidenschaftlich fortzufahren: „Und solchem wird der Tod, ganz gleich wie auch die letzte Stunde sich gestaltet, immer Erlösung bringen, Befreiung von all dem Gräßlichen, mit dem das Leben ihn überschüttet hat."

Das Mädchen sah erschrocken zu ihm auf. „Herr, Ihr redet, als hättet Ihr Furchtbares erlebt."

„Furchtbares? — Kind, vielleicht das Furchtbarste.

Es gibt nichts Schrecklicheres, als wenn Liebe sich in Verachtung wandelt."

Steffas Augen weiteten sich. Sie vernahm den Ton der Bitterkeit, die aus des Künstlers Worten klang, sie gewahrte seine Erregung, sah den herben Zug um seinen sonst so gütigen Mund und das unheilvolle Gewölk auf seiner Stirne. Dunkel blickten die Augen, und die wohlgeformten Hände, die sie liebte, weil sie Großes und Schönes zu schaffen vermochten, waren zu Fäusten geballt. „Sterben!" fuhr Tobias fort. „Ja, Steffa, du könntest recht haben. Es mag schön sein, wenn alles ausgelöscht und vergessen ist. – Aber was verstehst du davon? Wie töricht, dein Herz mit solchen Gedanken zu beschweren! Eines sage ich dir. Glaube nur nicht, daß die Welt da draußen dich jemals mehr bereichern könnte, als wie deine Heimat hier es vermag. Ich gäbe viel darum, müßte ich nie mehr zurück zu den Menschen, unter denen ich doch stets allein sein werde."

Tobias Heidemann schwieg, über sich selbst erschrocken. Wie kam er dazu, diesem Kinde an seiner Seite solchen Einblick in sein Leben zu gewähren? Als er Steffa anblickte, hatte sie den Kopf geneigt. Auf ihre Hände tropften Tränen. Dieses lautlose Weinen ergriff ihn so, daß er eine ganze Weile kein Wort hervorbrachte. Schließlich legte er den Arm um ihre Schulter und sagte: „Steffa, was ist? Habe ich dich erschreckt?"

Da antwortete sie leise: „Herr, daß Ihr so einsam seid!" — Noch vor wenigen Wochen hätte Heidemann gelächelt, hätte ihm jemand prophezeit, das warmherzige Mitgefühl einer kleinen Sennerin würde ihm einmal etwas bedeuten. — „Liebe, kleine Steffa!"

Der Dämmerung folgten die Schatten der Nacht. Steffa fuhr fröstelnd zusammen. Tobias erhob sich. „Es wird kalt, ich muß gehen." Ihre Gesichter waren nicht mehr zu erkennen, aber ihre Hände ruhten ineinander, als fürchteten sie beide den Augenblick der Trennung.

„Herr, Ihr werdet den Weg in der Dunkelheit nicht erkennen und Euch verirren, oder gar abstürzen." Keine Aufforderung, zu bleiben, kein Gedanke an ein Gewähren sprach aus Steffas Worten, sondern nur liebende Sorge. Er aber, dem der Glaube an Liebe und Treue abhanden gekommen war, griff danach wie ein Bettler nach einem Almosen.

*

Am Vorabend eines Sonntags sagte Steffa: „Morgen gehe ich hinunter zur Kirche. Kommst du auch? Du hast mich noch nie in meinem Sonntagsstaat, in der Walsertracht, gesehen."

Heidemann tat verwundert: „Sieh an, ich habe gar nicht gewußt, daß meine kleine Steffa noch eitel sein kann."

„Darf man das nicht sein?" fragte sie kindlich und fuhr, ohne seine Antwort abzuwarten, eifrig fort: „Morgen schmücke ich mich für dich, Tobias, für dich ganz allein. Übrigens wirst du auf dem Kirchgang auch meine Mutter sehen und . . ." Ganz plötzlich hielt sie inne und ließ die Arme sinken. Auf ihrem Gesicht zeigte sich ein Ausdruck des Schreckens und der Angst.

„Was ist dir?" fragte er besorgt.

„Die Mutter!" wiederholte sie flüsternd. „Was würde sie sagen, wenn sie es wüßte?"

Er zog sie an sich. „Du fürchtest deine Mutter?" Er sah, die Angst nahm stärker von ihr Besitz.

„Ich habe in diesen Wochen kaum an sie gedacht", antwortete sie. „Ich dachte nur an dich und an deine große Einsamkeit — aber jetzt, wo ich der Mutter morgen begegnen soll, kommt es auf einmal über mich. — Tobias — sie darf dich nicht sehen — du darfst morgen im Dorf nicht so tun, als kennest du mich; — o Gott, Tobias, war es ein Unrecht? — Mir ist auf einmal so bange."

Er suchte nach Worten, um sie zu beruhigen. Sie aber blickte schier entsetzt zu ihm auf. „Ich fürchte mich, ihr zu begegnen. Du kennst sie nicht. Sie kann sehr hart sein."

„Erzähle mir von ihr."

Sie tat es. „Meine Eltern besaßen ein großes Gehöft, es gehörte zu den stattlichsten am Ort und lag unterhalb des Heubergs zwischen Mittelberg und Riezlern. Das schönste Vieh stand in ihrem Stall. Es gab kaum ein gepflegteres Anwesen. Meine Eltern waren beide arm gewesen, als sie in die Ehe traten. Die Mutter war eine Nichte des herangezogenen Schulmeisters und stammte aus dem evangelischen Württemberg; der Vater war der Sohn eines Sennen. In unermüdlicher Ausdauer haben sie gespart, ja oft gedarbt, um zu diesem Besitz zu kommen. Es glückte ihnen. Ihr Haus, ihr Viehstand bedeutete ihnen alles. Mein Bruder, der zehn Jahre älter ist als ich, sollte es einmal übernehmen. Er besaß eine geschickte Hand, verstand zu schnitzen und hatte damit schon manch schönes Stück Geld verdient. Besonders die Fremden bewunderten seine Arbeiten, und einer, der etliche Sommerwochen in unserem Hause zubrachte, wußte ihn zu überreden, in die Stadt zu ziehen, eine Schule zu besuchen, um sich dort als Schnitzer ausbilden zu lassen. Vater und Mutter setzten ihm aber Widerstand entgegen. Sie baten, sie drohten, sie fluchten ihm schließlich. Er aber folgte dem Locken des Fremden und zog mit ihm, obgleich die Eltern ihn wissen ließen, daß er dann nie mehr zurückkehren dürfe. — Wir haben nie mehr von ihm gehört. Es war hart für die Eltern. Toni war ihr einziger Sohn.

Ich bin das jüngste Kind. Drei Geschwister sind in einem Monat von einer Seuche dahingerafft worden. Unten neben der Kirche liegen sie begraben. Die Eltern wurden bitter und schweigsam. Dann kam das große Unglück. Ich war sieben Jahre alt, als in einem Frühling die Schneeschmelze sehr zeitig begann. Eine Grundlawine stürzte auf unser Haus zu und begrub alles unter sich. Wir, Mutter und ich, waren zur Zeit des Unglücks im Dorf. Bei unserer Rückkehr fanden wir nur noch Trümmer. Unter ihnen lag der Vater zerschmettert. Sämtliches Vieh war tot, das ganze Anwesen verloren. — Man wollte im Dorf Gaben für uns sammeln. Der Pfarrer setzte sich dafür ein. Die Mutter aber lehnte alles ab. Ihr Stolz wehrte sich dagegen, Almosen zu nehmen. Das Unglück hatte ihr Leben zerstört. Sie konnte sich nie mehr aufraffen, eine neues anzufangen. Von ihren eigenen Verwandten lebte niemand mehr. Die des Vaters waren alle arm. Eine Jugendfreundin der Mutter, die Frau des Dreiheiligenwirtes, bot sich an, uns aufzunehmen. Es fiel der Mutter schwer, darauf einzugehen, aber schließlich mußten wir doch irgendwo unterkommen. Doch wollte Mutter nichts umsonst haben; sie verlangte nach Arbeit. Der zunehmende Fremdenverkehr brachte sie.

Mutter war fleißig. Man konnte sie brauchen. Seit Jahren leitet sie nun den großen Küchenbetrieb. Mich hielt sie streng. Meine Kindheit wäre hart gewesen, hätte ich nicht die Berge, den Wald, die rauschende Breitach und die blumenbesäten Matten gehabt. Auch die Bücher, die mir der Pfarrer und der Lehrer liehen, gaben mir viel. Das war die Welt, in der ich mich bewegte. Von den Fremden hielt mich die Mutter ängstlich und ganz bewußt fern. Sie haßte sie, seitdem mein Bruder die Heimat verlassen hatte und zu ihnen gezogen war. Der Lehrer wollte sie bewegen, mir irgendeine Ausbildung geben zu lassen. Sie schlug es rundweg ab. Der Pfarrer, der einzige, auf den sie noch hört, versuchte sie ebenfalls umzustimmen. Auch er hatte keinen Erfolg. Sie sträubte sich, mit der Welt in Verbindung zu treten, die ihr den Sohn geraubt hatte, und war entschlossen, alles zu tun, um mich von ihrem verderblichen Einfluß fernzuhalten. An meinem sechzehnten Geburtstag bat ich sie, mir zu erlauben, während des Sommers als Hütemädchen mit der Sennerin auf die Staffelalp zu steigen. Ich sehnte mich nicht nach der Welt, die sie ablehnte, wohl aber nach Freiheit. Die Mutter gab ihre Einwilligung. Sie glaubte wohl, hier oben hätte ich weniger Gelegenheit, mit den ihr verhaßten Fremden zusammenzukommen. So ließ sie mich ziehen. Das Sennenleben beglückte mich, und ich bat im darauffolgenden Jahr, die Alp allein übernehmen zu dürfen. Der Dreiheiligenwirt, dem die Staffelalp und die Kühe gehören, war einverstanden. Man ließ mich gewähren. Hin und wieder wurde mir eine der Mägde zur Hilfe auf den Berg geschickt. Nun bin ich im dritten Sommer hier. — Ich wünschte, ich brauchte nie wieder ins Tal hinab."

Steffa schwieg. Sie hatte fließend ihre kurze Lebensgeschichte erzählt. Dabei schien sie die Angst vergessen zu haben. Auf Tobias Heidemann aber fiel plötzlich die ganze Wucht der Verantwortung. Was hatte er getan? — Steffas Schilderung hatte ihn ergriffen. Wie gut verstand gerade er die Bitterkeit bei ihrer Mutter, der alles im Leben zerschlagen worden war. Nun war er gekommen, und hatte ihr das Einzige, was ihr geblieben war, ihr Kind, geraubt. Wild stürmten die anklagenden Gedanken auf ihn ein. Er war zu ehrlich, um über diese Erkenntnis gleichgültig hinwegzugehen.

Jetzt war es an Steffa, ihn besorgt zu fragen: „Was ist dir, Tobias?" Mit einem innigen Blick umfaßte er ihr liebliches Gesicht, ihre zierliche Gestalt. Dann nahm er ihre Hände. „Steffa, liebe, kleine Steffa, es wird gut sein, wenn ich bald fortgehe. — Bald — schon in den nächsten Tagen."

Ihre Augen weiteten sich entsetzt. „Weshalb sagst du das?"

„Es muß sein — und es ist besser so!"

Ihre Stimme bebte: „Ich weiß, daß es einmal sein wird und daß ich mich damit abfinden muß, aber warte noch! Tobias, geh noch nicht von mir! Wie soll ich es ertragen, dich wieder in der Einsamkeit zu wissen!" — Tränen standen in ihren Augen. Ihm aber wurde seine Liebe zu Steffa jetzt erst recht zur lastenden Schuld.

In der darauffolgenden Woche war er wirklich abgereist, nachdem er am Sonntag Steffa in der farbenfrohen Walsertracht neben ihrer Mutter hatte zur Kirche gehen sehen. Er hatte sich unter die zahlreichen Sommergäste gemischt, die sich mit ihren Photoapparaten auf dem Kirchplatz drängten und sich bemühten, die Dorfschönen auf die Platte zu bringen. Die aufrechte Gestalt Frau Matts fiel auf. Sie war noch jetzt eine schöne Erscheinung. Ihr Gesicht mit den strengen Linien zeugte von Herbheit und Verschlossenheit. Schier verächtlich streifte ihr Blick die Schar der gaffenden Fremden, und als ein besonders Vorwitziger sich breitspurig vor Steffa postierte, um sie zu photographieren, fuhr sie ihn an: „Untersteht Euch nicht!"

Dann legte sie den Arm schützend um die Schultern ihrer Tochter und entführte sie den Fremden.

Steffa hatte beim Verlassen der Kirche Tobias an der Mauer des Gottesackers stehend entdeckt. Sie grüßte ihn mit einem leuchtenden Blick, der jedoch gleichzeitig zu bitten schien: Gib dich nicht zu erkennen! — Sie kam ihm heute blaß vor, — oder war es die Tracht, der flache, schwarze Hut, die kurze Jacke über dem gleich unter den Armen ansetzenden weiten Rock mit den vielen engen Fältchen, der unten in schweren Tuchrüschen endete, die sie älter und ernster erscheinen ließ? Selbst die großblumige, taftseidene bunte Schürze vermochte diesen Eindruck nicht zu verwischen. All diese Walserfrauen wirkten älter, als sie waren, und ernst. — Nein, Steffa gefiel ihm besser in ihrem schlichten Hirtenkleid. Sinnend blickte er den beiden Frauengestalten nach. Die Haltung der Mutter rührte ihn. Sie kämpfte für ihre Tochter. Und er empfand es deutlicher als zuvor: Er mußte das Walsertal verlassen.

Noch ein letztes Mal stieg er zur Staffelalp hinauf. Steffa hing schluchzend an seinem Halse, „Tobias, nun werden wir beide einsam sein." Er wußte, daß sie unsagbar litt. Ihn selbst kam es hart an, sich von ihr zu trennen; aber es mußte ja sein, sollte nicht ein Unglück entstehen.

Was war seit diesem Tag alles über Steffa hereingebrochen! Als ihr die Gewißheit wurde, daß sie einem Kinde das Leben schenken werde, hatte ein unsagbar schwerer Kampf in ihr begonnen. Wie aus einem Traum erwachend erkannte sie, was ihrer wartete. Sie mußte damit rechnen, von ihrer Mutter verstoßen zu werden. Schon jetzt meinte sie, das Urteil der Dörfler zu hören, das hart lauten und sie der Verachtung preisgeben würde. Die wenigen Mütter unehelicher Kinder im Tal hatten keinen leichten Stand.

Tage und Nächte harten Ringens folgten. Steffa durchlebte die ganze Wucht dieser Not allein in der Einsamkeit ihrer Alp. Derjenige, der imstande gewesen wäre, ihr jetzt beizustehen, war von ihr gegangen. Sie wußte nicht, wo er sich aufhielt, und er ahnte nicht, daß sie sein Kind dem Leben entgegentrug. Es begann in ihr zu wogen. Reue, Schuldbewußtsein, Bitterkeit, Angst, nichts blieb ihr erspart. Nie vorher hatte sie solche Not gelitten. Sie mußte den schweren Weg all der Mütter gehen, die ihr Kind nicht in den Schutz eines geordneten Familienlebens hineintragen dürfen, sondern allein dastehen mit ihrer Hoffnung. Wie manche Stunde verbrachte Steffa in heller Verzweiflung bei dem Marienkapellchen! Aber ihr ruhesuchendes Herz wurde nicht stille.

Eines Tages aber wurde ihr der Gedanke an das Kind doch zur Wende. „Ich soll Mutter werden, soll ein Kind mein eigen nennen dürfen!" So sagte sich Steffa. „Um seinetwillen muß ich stark sein, muß dem Kommenden mutig ins Auge blicken. Ich darf nicht zugeben, daß über dem kleinen Wesen, das in mir dem Leben entgegenschlummert, sich schon jetzt dunkle Wolken ausbreiten. Es ist mir nicht möglich, Vergangenes ungeschehen zu machen, aber für das Kommende will ich mich wappnen und rüsten, um meines Kindes willen will ich stark und tapfer sein." So rang sie sich in der Einsamkeit ihrer Tage zu einem starken Entschluß durch.

Steffa überlegte dann tagelang, ob sie ins Tal hinuntersteigen und sich ihrer Mutter anvertrauen, oder aber damit warten solle, bis sie im Herbst heimkehren würde. Schließlich entschloß sie sich zu ersterem. Eines Morgens stand sie in der großen Gasthausküche, wo die Mutter und ein paar Mägde eben mit dem Putzen von Gemüse beschäftigt waren. Verwundert blickte Frau Matt von ihrer Arbeit auf. Was veranlaßte Steffa heute, an einem Werktag, ins Tal zu kommen?

„Mutter, hast du wohl eine Stunde Zeit für mich? Ich möchte etwas mit dir reden."

„Du siehst, daß ich zu schaffen habe. Setz dich zu uns her und hilf mit, wenn du nun schon einmal von der Alp herabgekommen bist."

„Ich muß mit dir allein sprechen."

Unwillig über die Störung legte Frau Matt das Messer aus der Hand und verließ von der Tochter gefolgt die Küche. Die Mägde schauten den beiden nach.

„Was mag mit der Steffa sein?" fragte die eine. „Sie sieht so blaß aus!"

„Ach was", erwiderte die andere, „hochmütig ist sie, wie sie immer war. So eine Wichtigtuerei! Als ob unsereins nicht hören könnte, was sie mit ihrer Mutter zu besprechen hat. Aber so war sie immer. Weißt du noch, wie sie schon in der Schule stets die Erste sein wollte, und sie sich fast immer abseits hielt?"

„Das lag an ihrer Mutter. Seit dem Lawinenunglück ist die Alte noch ärger geworden als damals, wo der Toni von zu Haus fortging. Die Steffa durfte nirgends hin, weder auf den Tanz noch sonst zu einer Festlichkeit."

„Deswegen ist sie aber auch nicht anders als wir alle."

Inzwischen waren Mutter und Tochter in ihre kleine Dachstube hinaufgestiegen und standen sich nun gegenüber. Steffa, die sich in den vergangenen Tagen oft diesen Augenblick vorgestellt und genau gewußt hatte, was sie sagen wollte, spürte, wie ihr das Herz vor Erregung bis zum Halse herauf klopfte. Forschend ruhte der Blick der Mutter auf ihr, und ihre Stimme erschien Steffa bereits jetzt stahlhart, als sie fragte: „Was ist es, was du mir zu sagen hast? Es muß schon etwas Wichtiges sein, daß du mitten in der Woche die Arbeit im Stiche läßt. Ist dir mit den Kühen etwas passiert? Es wird doch nicht etwa eine abgestürzt sein?"

Steffa fühlte, wie Schwindel sie ergriff. Ihr wurde schwarz vor den Augen. Sie straffte sich, ärgerlich über solche Schwäche, die ihr fremd war. Aber es wurde nur schlimmer. Wie nach einem Halt suchend, umklammerte sie eine Stuhllehne. Umsonst versuchten ihre Lippen Worte zu formen. Kein Ton drang aus ihrem Munde.

„Maria und Joseph!" schrie die Mutter plötzlich auf. „Was ist mit dir? Du wirst ja totenblaß!" Sie eilte, um die Wankende zu stützen. Alle Strenge wich plötzlich aus ihrem herben Antlitz. Sie war ganz mütterliche

Sorge, die um ihr Kind, das einzige, das ihr das Leben gelassen, bangte. „Steffa, was fehlt dir?"

Da hob diese den Kopf und sagte tonlos: „Mutter, ich erwarte ein Kind."

Und nun geschah es, daß die zur Hilfe erhobenen Hände der Frau herabsanken, daß die noch eben in ihren Zügen sich spiegelnde Mütterlichkeit erlosch. Fahle Blässe überzog ihr Gesicht. Nun war sie es, die nach einem Halt suchen mußte.

„Was sagst du?" stammelte sie. „Du bist von Sinnen, Steffa! Du kannst nicht wissen, was du sagst."

Die Tochter aber wiederholte ihr Geständnis: „Mutter, es ist so, wie ich sage."

Da schrie die Frau auf: „Steffa!" Und noch einmal, laut und gellend: „Steffa!"

Diese aber sah die Mutter plötzlich so vor sich wie damals, als sie nach dem Lawinenunglück bei den Trümmern ihres Hauses stand, unter denen der Vater begraben lag. Damals hatte sie genau so verzweifelt ausgesehen wie jetzt. Kein Wort kam über ihre Lippen. Kraftlos sank die starke Frauengestalt auf dem nächsten Stuhl zusammen. Sie hatte die Hände ineinander verkrampft. Ihrer Brust entrang sich ein wehes Stöhnen.

Steffa hätte alles gern über sich ergehen lassen: bittere Vorwürfe, Empörung und Verachtung der Mutter — diese stumme Verzweiflung jedoch war mehr, als sie ertragen konnte. Sie hielt es nicht länger aus, trat herzu und legte die Hand auf die Schulter der Gebeugten. „Mutter", bat sie, „Mutter!"

Keine Bewegung verriet, daß Frau Matt sie gehört hatte. Regungslos verharrte sie so, lange Zeit. Steffa, von Angst um die Mutter erfüllt, beugte sich noch tiefer zu ihr hinab: „So sprich doch ein Wort — ich ertrage es nicht, dich so zu sehen!"

Da hob die Frau die Augen, aus denen alles Leben gewichen war, und befahl fast tonlos: „Geh!" Und als das Mädchen zauderte, weil es dies nicht als der Mutter letztes Wort betrachten konnte, erhob sie sich mühsam vom Stuhl und wies mit der ausgestreckten Hand zur Türe: „Geh!"

Steffa verließ das Zimmer. Sie mußte ohnehin eilen, um zur Melkzeit auf der Alp zu sein. Unsagbar schwer wurde ihr der Aufstieg. Immer wieder überfiel sie das unheimliche Schwindelgefühl. War denn der Berg immer so steil gewesen? Schweratmend blieb sie stehen. War sie etwa krank? Nur langsam vermochte sie weiterzugehen. Jeder Schritt aber schien ihr der Mutter Wort zu wiederholen: „Geh! — Geh!" Sie hatte ihr die Tür gewiesen! — Bedeutete das, daß sie nun nie mehr heimkehren durfte? — War sie verstoßen wie Toni, der Bruder? — Gott im Himmel, war das der Mutter Ernst gewesen? Es war nicht deren Art, leere Drohungen auszusprechen.

Steffa sank auf den weichen Grasboden nieder, ihre Füße trugen sie nicht mehr. „Heilige Maria, Mutter Gottes, steh mir bei!" Sie glaubte plötzlich die Mutter zu verstehen. Sie sah ihre einzige Hoffnung zerstört, hielt die Tochter, den einzigen Menschen, für den sie noch lebte, für schlecht und verdorben. Der Glaube an ihr Kind war ihr genommen. Daß sie, Steffa, nie vorher daran gedacht hatte! — In der Verzweiflung hatte die Mutter sie, die Tochter, von sich gestoßen! Und nun war das Schlimmste, daß das Kind, das arme, hilflose, zur Heimatlosigkeit bestimmt war, noch ehe es geboren war. Nichts konnte sie ihm bieten, keinen Vater, der es versorgte, kein Familienleben, in dessen Schutz es geborgen war — nichts, nichts. — Wohin Steffa in ihrer Not auch blickte, überall sah sie Schuld, und keine Möglichkeit, sich davon zu befreien.

Das Schreien der Kühe, denen die gewohnte Ordnung fehlte, hallte über die Alp. Zum ersten Male versäumte Steffa ihre Pflicht an ihnen. Die Sonne war untergegangen. Schatten der Nacht breiteten sich über das Walsertal und bedeckten das weinende Mädchen, das jeden Licht- und Ausblick verloren hatte.

*

Und dennoch, an jenem Tage, an dem Steffa zum ersten Male ihr Kind, den kleinen Jos, in den Armen hielt, schien ihr alles verwandelt zu sein; Demütigung, Schmach, Leid und Kummer waren von ihr abgefallen und nichts blieb zurück, als die unaussprechliche Freude und das Glück: Ich habe ein Kind, für das ich leben und sorgen darf.

Frau Matt, die es nicht zugelassen hatte, daß Steffa hinunter nach Oberstdorf in eine Klinik ging, versorgte die Tochter mit strenger, unnahbarer Miene, und doch war jede ihrer Handreichungen sanft und voll verhaltener Zärtlichkeit. Als Steffa jedoch selig lächelnd auf den Kleinen wies, der in der alten Wiege neben ihrem Bette schlummerte: „Sieh ihn dir doch einmal an, Mutter! Ist er nicht herzig?", da wandte sich die Mutter ab und heuchelte nicht vorhandene Härte. Wenn sie Steffa aber schlafend wähnte, kam es vor, daß die alte Frau sich über das kleine, wohlgeformte Köpfchen im rotweißkarierten Kissen beugte und heimlich allerlei Kosenamen flüsterte, die Steffa beglückt in sich aufnahm und wie ein kostbares Geschenk in ihrem Innern bewahrte.

In jenen Tagen der Ruhe durchlebte Steffa die letzten Monate in Gedanken aufs neue. Es war seltsam: auch das Schwerste schien ihr wie von einem sanften Lichte verklärt. Die Bitterkeit, die sich dann und wann in ihr geregt hatte, war verschwunden wie der Nebel vor der Sonne. Gewiß, leicht war es nicht gewesen. Mutterseelenallein hatte sie die Monate bangen Wartens auf ihrer Alp verlebt. Seit die Mutter ihr die Türe gewiesen hatte, war sie nicht mehr ins Dorf hinuntergestiegen. Sie wußte, daß die Mutter litt, aber sie wagte doch nicht heimzugehen. Oft hatte sie im nächtlichen Dunkel am Rande des Wäldchens gestanden und mit brennenden Augen ins heimatliche Dorf hinabgeblickt. Gewiß lag die Mutter jetzt wachend in ihrem Stübchen und quälte sich in Gram und Sorge um die Tochter, die ihr so schweres Leid zugefügt hatte. Erst viel später erfuhr Steffa, daß der Gram die Mutter beinahe um den Verstand gebracht hatte. Täglich war sie mit ihrer Not zur Kirche geeilt, wo sie in stummer und verzweifelter Klage oft noch verharrte, wenn alle übrigen Beter das Gotteshaus längst verlassen hatten. In einer Nacht war der Kirchendiener voller Angst ins Pfarrhaus geeilt und berichtete: „Hochwürden, es stimmt nicht mehr mit ihr!"

Als der greise Pfarrer die Kirche betrat, lag die alte Frau mit wirrem Haar und fieberglänzenden Augen vor dem Hauptaltar, an dem Platz, den sonst nur der Priester zu betreten pflegte. „Franziska Matt", sagte er gütig und voll tiefen Mitleids, dabei ihre Schultern berührend, „findet Ihr noch immer keine Ruhe?" Sie aber stöhnte in haltlosem Weh: „Was habe ich verbrochen, daß mich die Heiligen so strafen? Alles, alles wird mir genommen — der Sohn, der Mann, mein ganzer Besitz — und nun auch Steffa — das Letzte, was mir blieb. — Was soll ich tun, um den Zorn Gottes von mir zu wenden? Bin ich schlechter als andere? Habe ich nicht mein Leben lang nach dem Rechten getrachtet? War ich nicht immer eine treue Tochter der Kirche?"

„Nicht alle Heimsuchung ist Strafe", erwiderte der Pfarrer. „Ergebt Euch in des Höchsten Willen." Aber die Frau, die sich vor ihm buchstäblich wand, jammerte: „Mein Kind — meine Steffa — sie, die mein Stolz, meine einzige Hoffnung war — weggeworfen hat sie sich wie ein leichtfertiges Weib. Jetzt verstehe ich, weshalb sie auf die Alp verlangte. Den lästigen Zwang des wachsamen Mutterauges wollte sie los sein. Und ich Törin glaubte sie dort oben sicher vor den Fremden. — Heilige Maria, Mutter Gottes, steh mir bei — es geht über meine Kraft! Vielleicht weiß sie nicht einmal, wer der Vater dieses unglückseligen Kindes ist." — Sie schien des Priesters Anwesenheit vollkommen vergessen zu haben. Bekümmert schüttelte der alte Mann das Haupt. Schließlich kniete er neben der Verzweifelten nieder. So sollte sie wenigstens wissen, daß sie nicht allein war in ihrer Not. Als sie endlich etwas ruhiger wurde, wandte er sich wieder zu ihr: „Franziska Matt, es ist unsere Pflicht, dafür zu sorgen, daß Steffa sich nicht etwa durch Verzweiflung getrieben in noch größeres Unglück stürzt. Wisset, so sie ihrem Kinde eine rechte Mutter wird, ist ihre Schuld getilgt. Nun aber erhebet Euch. Ihr müsset in der Frühe wieder an die Arbeit, und auch mich ruft der Messedienst schon im Morgengrauen." Väterlich geleitete er die Bekümmerte hinaus.

Wie gut, daß Steffa damals von alledem nichts

wußte. Die Verzweiflung hätte sie zu Boden geworfen, und sie mußte doch stark und tapfer sein um ihres Kindes willen. Um seinetwillen raffte sie sich immer wieder auf und verrichtete ihre Arbeit sorgfältig und gewissenhaft. Oft kam es sie wohl herb an, die Tiere auf die höchsten Bergmatten zu treiben oder die gefüllten Milchbütten hinunter zur tiefer gelegenen Alp zu tragen. Ihr Zustand konnte auch nicht verborgen bleiben, und bald ging es wie ein Lauffeuer durch den Ort: „Wißt ihr es schon? Die Steffa, Fränzi Matts Steffa! — Die Stolze, die Unnahbare! Da sieht man, was in Wirklichkeit in ihr steckt."

Eines Abends war einer der leichtsinnigsten Burschen aus dem Dorf zur Hütte Steffas heraufgestiegen und hatte an ihrem Kammerfenster geklopft und Einlaß begehrt. Nie vorher hätte das einer gewagt. Klopfenden Herzens hatte Steffa auf ihrem Bett gesessen und kaum zu atmen gewagt, aus Furcht, sich zu verraten. Der Bursche aber war immer zudringlicher geworden. Als er mit seinen Lockungen und anzüglichen Redensarten nichts ausrichtete, war er rabiat geworden und hatte Steffa mit Schmähungen überhäuft. Die übelsten Anschuldigungen hatte er in die Nacht hinausgeschrien, sie ein scheinheiliges Frauenzimmer genannt und ihr gesagt, daß die Spatzen auf den Dächern es bereits erzählen, wie sie es hier oben getrieben habe und was sie für eine sei.

Endlich war er davongezogen, nachdem er noch einen wuchtigen Faustschlag gegen die Türe der Hütte geführt hatte, daß Steffa bald meinte, sie müsse zersplittern. In dieser Nacht hatte sie keine Ruhe mehr gefunden. Die zitternden Hände über dem Leib gefaltet, so, als müsse sie das in ihr sich regende Leben schützen, hatte sie in Angst und Verzweiflung gewimmert: „Tobias, warum hast du mich allein gelassen in meiner Not? Sieh, nun habe auch ich die Heimat verloren, bin hier in meinen Bergen verachtet und entehrt! O mein Kind, mein armes, kleines Kind, daß wir nicht an dich dachten und an die Schmach, die dich trifft, wenn man deine Mutter ein leichtfertiges Weib nennt! An dir, du Armes, Unschuldiges, haben wir uns versündigt!"

Es war eine furchtbare Zeit gewesen, und doch hatte die Mütterlichkeit in ihr alles andere nach und nach verdrängt und über Angst und Schande triumphiert.

Und eines Tages war die Mutter zu ihr heraufgestiegen. Einen gellenden Schrei unterdrückten Jubels hatte Steffa ausgestoßen, als sie die bekannte Gestalt tief unter sich auf dem sich langsam emporwindenden Pfad entdeckte. Ihr Herz hatte zum Zerspringen geklopft. Was mochte ihr die Mutter bringen? Versöhnung? Oder neue Not und Verachtung?

Dann standen sich die beiden gegenüber. „Mutter!" flehten Steffas Augen.

„Wie lange dauert es noch?" Herb klangen die Worte aus dem Munde Frau Matts. „Wenn du die Arbeit hier oben nicht mehr leisten kannst, so kommst du herunter. Der Heiligenwirt schickt die Zensi herauf."

„Nein, ich kann es noch gut schaffen, ich bleibe." Dann aber hatte Steffa die Hand der Mutter ergriffen. „Daß ich heimkommen darf, daß du mich nicht von dir stößest!"

Frau Matt aber hatte ihr die Hand entzogen und war wortlos in die Hütte gegangen, wo sie prüfend nach dem Rechten sah. Nur noch einmal hatte sie sich fragend an die Tochter gewandt: „Ist es einer von den Fremden?"

Da hatte Steffa frei den Blick erhoben: „Ja, Mutter, und ich will dir alles sagen." Sie aber war ihr zornig ins Wort gefallen: „Schweig! Nie sollst du mir von ihm reden. Verflucht sei er!"

Da hatte sie aufgeschrien: „Nicht so, Mutter, nicht so!" Diese aber war grußlos zu Tal gestiegen. Am Abend hatte Steffa in ihrer Küche einen mit Lebensmitteln gefüllten Korb vorgefunden, den die Mutter dort abgestellt hatte. Diese Entdeckung zeigte Steffa, so hart sich die Mutter gegeben hatte, doch deren sorgendes Herz. Was sie aber vor allem glücklich machte, war die befreiende Tatsache, daß sie heimkehren durfte.

Bis zum letzten Tag war sie auf der Alp geblieben. Blumenbekränzt hatte sie die Kühe an dem von der Gemeinde dazu bestimmten Tag hinunter ins Dorf getrieben. Herbstnebel lagerten über dem Tal. Vielstimmiges Glockengeläut kündete das Nahen der Herden von allen Hängen. Als Steffa ihr Vieh ins Dorf getrieben hatte und dort auf dem Platz unter der alten Linde mit all den andern Sennen und Sennerinnen zusammentraf, die zur Feier des Tages ihre schönste Tracht angelegt hatten, wurde sie sehr bald gewahr, daß sie hier den Hauptgesprächsstoff bildete. Man maß sie mit neugierigen, ja verächtlichen Blicken. Einige Dorfbewohner wandten sich bewußt von ihr ab und ein paar ältere Weiber, die in ihrer Nähe standen, bemühten sich keineswegs, ihren Ton zu dämpfen, als sie über sie herzogen. Die größte Demütigung aber fügte Regina, des Heiligenwirtes älteste Tochter, die Steffas Schulfreundin gewesen war, ihr zu. Sie übersah Steffas

Hand, die diese ihr zum Gruß entgegengestreckt hatte vollständig, schritt stolz erhobenen Hauptes an ihı vorbei und tat, als gäbe es eine Steffa Matt überhaupt nicht mehr für sie.

Regina war seit einem Jahr verheiratet und erwartete ebenfalls ein Kind. Steffa glaubte, ihre Gedanken lesen zu können. Selbstbewußt und erhaben stand sie über der Sennerin, die für sie nichts weiter war als ein schlechtes Frauenzimmer.

Steffa wartete weder die Festrede ab, die einer der Obersennen hielt, noch den Tanz unter der Dorflinde. „Nein, du Kleines, du sollst dem allem nicht ausgesetzt sein", flüsterte sie vor sich hin, während sie über die Dorfstraße heimwärts schritt. Sie hatte es sich in ihrer Bergeinsamkeit angewöhnt, zu ihrem Kinde zu sprechen, als sei es bereits geboren. Wem hätte sie auch sonst ihr übervolles Herz ausschütten sollen?

Als Frau Matt gegen Abend ihr Stübchen betrat, saß ihre Tochter am Fenster und blickte sinnend hinab ins Dorf, aus dem vereinzelte Töne der Tanzkapelle zu ihr heraufdrangen. dazwischen hörte man das Johlen der Burschen und das Jauchzen der sich im Tanz drehenden Mädchen.

Eine Weile stand Frau Matt schweigend und wie mit sich selbst kämpfend in der offenen Türe. Es zuckte seltsam um ihren Mund. Dann trat sie näher und reichte Steffa die Hand.

„Du wirst müde sein", sagte sie statt jeder Begrüßung, „dein Bett ist gerichtet." Da hatte sich das Mädchen nicht länger halten können. Beide Arme schlang sie um die Mutter, lehnte den Kopf an ihre Brust und weinte schmerzlich. Frau Matt ließ es geschehen. Zwar fand sie kein Wort des Trostes, aber Steffa verspürte in diesem Augenblick wie nie zuvor, wie gut es ist, ein Mutterherz zu besitzen, zu dem man seine Not tragen kann. — Das war aber auch das einzigemal, daß Franziska Matt ihr wahres Empfinden zeigte, gleich darauf ließ sie die Türe ihres Herzens erneut ins Schloß fallen. Herb, streng und strafend begegnete sie ihrer Tochter, als sei es ein Unrecht, dieser nach dem Vorgefallenen noch mütterliche Gefühle zu zeigen.

Alles dieses durchlebte Steffa noch einmal, während sie auf den Atem ihres Kindes lauschte und immer wieder bewundernd die winzigen Händchen, das feingeformte Köpfchen betrachtete. Jetzt wußte sie, wofür sie lebte. Niemand hätte dem jungen Mädchen so viel Entschlußkraft und Lebensreife zugetraut. Sie aber sah ihren Weg klar vor sich.

*

Unter den Fremden, die soeben das in Mittelberg eingetroffene Postauto verließen, befand sich eine ältere Dame, die durch ihr würdiges Aussehen, das schneeweiße Haar und die gütigen Augen auffiel. Unschlüssig stand sie einen Augenblick auf dem Platz vor dem Rathaus unter der alten Linde. Dann übergab sie ihr Gepäck einem der Hausburschen, die in langer Reihe warteten, um für die verschiedenen Gasthäuser und Pensionen die neuangekommenen Fremden in Empfang zu nehmen. In der offenen Türe seines ansehnlichen Hauses stand der Dreiheiligenwirt. Prüfend blickte er die Dorfstraße hinauf, nach neuen Gästen Ausschau haltend. Es hatte in diesem Sommer viel geregnet. Das beeinträchtigte den Fremdenverkehr sehr stark, denn die Sommergäste liebten es nicht, wenn ständig Nebel durch das Tal zogen und den Höhenblick versperrten. Sie zogen es dann vor, zurück in ihre Städte zu reisen, wo auch bei schlechtem Wetter für genügend Abwechslung gesorgt war. Seit vorgestern nun stieg das Barometer zum Glück wieder. Da man sich mitten in der Saison befand, war zu hoffen, daß der bisherige geschäftliche Ausfall noch aufgeholt werden konnte. — Schmunzelnd verbeugte sich der Dreiheiligenwirt, als mit Sepp, dem Hausdiener, der seinen schwerbeladenen Kofferwagen schob, etliche Fremde auf das Haus zusteuerten. Mit einladender Handbewegung bat er sie näherzutreten und eilte dann hilfsbereit die paar Stufen vor der Eingangstüre hinunter, um der weißhaarigen Dame, die etwas langsamer nachgekommen war, behilflich zu sein.

Jawohl, es seien noch einige Zimmer frei, — sehr schöne, sonnige Zimmer, mit Balkon und fließendem Wasser, — die gnädige Frau werde gewiß zufrieden sein.

Und dann stand Frau Heidemann in dem ihr zugewiesenen Zimmer, dessen Einrichtung sie mit einem kurzen Blick streifte, um gleich darauf auf den Balkon hinauszutreten, von dem man eine wundervolle Aussicht auf die Schafalpen genoß. Tief atmete die alte Dame die reine Bergluft ein. Die überwältigende Harmonie, die ihr in dem prachtvollen Landschaftsbild entgegentrat, schien beruhigend auf sie einzuwirken. Sie schloß einen Augenblick die Augen, so, als müsse sie auch innerlich die neuen Eindrücke verarbeiten. Dann trat sie rasch, als habe sie keine Zeit zu verlieren, zurück in das Zimmer, um ihren Koffer auszupacken. Aus ihrer Handtasche nahm sie ein kleines Bild. Sinnend blickte sie darauf nieder, während sekundenlang ein schmerzlicher Ausdruck auf ihrem Gesicht lag. Dann stellte sie das Bild auf den Nachttisch neben dem Bett. — Der dumpfe Ton eines Gongs hallte durchs Haus, der Ruf zum Mittagessen.

*

„Die alte Dame von Nummer siebzehn ist außergewöhnlich rüstig", sagte der Dreiheiligenwirt eines Tages zu seiner Frau, die ihm soeben den Küchenzettel für die nächste Woche vorgelegt hatte. „Sieh, da stiefelt sie bereits wieder los. Heute scheint sie auf den Heuberg zu wollen. Daß sie das noch leisten kann!"

„Laß sie", erwiderte die Frau, „das Steigen und Herumlaufen regt an und schafft Appetit. Sie wird sich wohlfühlen und desto länger hierbleiben. Übrigens hat sie gestern das Mittagessen sehr gelobt. — Aber jetzt telefoniere nur gleich, daß die Forellen rechtzeitig gebracht werden." Sie warf einen raschen Blick durchs Fenster und sagte: „Da kommt Regina mit dem Kind. Guck nur, wie das kleine Kind schon keck auf seinen strammen Beinchen daherstapft. Sieh, die Gäste haben ihre Freude an ihm!" Sie öffnete das Fenster und rief in großmütterlichem Stolz hinaus: „Komm, Fränzele, komm zu mir! Guck, der Großvater ist auch da!" Das Kind streckte ihr jauchzend die Arme entgegen, während Regina, die junge Frau, sich lächelnd von den Gästen verabschiedete, die mit etlichen Schmeicheleien über den kleinen Burschen ihr Mutterherz beglückt hatten.

Indessen stieg Frau Heidemann auf den Heuberg. Es war recht mühevoll für die Fünfundfünfzigjährige, auf dem steil berganführenden Weg vorwärts zu kommen, obgleich sie für ihr Alter noch sehr rüstig und leistungsfähig war. In den wenigen Tagen ihres Hierseins lagen bereits verschiedene anstrengende Touren hinter ihr. Sie seufzte. Bisher waren die gemachten Wege alle vergeblich gewesen. Verschiedene der mit ihr im gleichen Hause wohnenden Gäste hatten sie bewundernd gefragt, wie sie es fertig bringe, mit solcher Ausdauer täglich derartige Ausflüge zu unternehmen. Wie hätte sie zu ihnen von ihrem Vorhaben sprechen können! Die Enttäuschung war jedesmal größer gewesen als die Müdigkeit, wenn sie nach vergeblichem Absuchen der verschiedenen Sennhütten wieder zu Tal kam. Heute aber stieg sie mit neuer Hoffnung empor. In der vorletzten Nacht, die sie fast schlaflos verbracht hatte, war ihr plötzlich der Gedanke gekommen, bei dem Wirt, in dessen Haus Tobias gewohnt hatte, zu fragen, von welcher Stelle aus er sein berühmtes Gemälde gemalt habe. Sicher führte von dort aus ein Weg zu der Alp, die sie suchte. Daß ihr dieser Gedanke nicht früher gekommen war!

Und richtig, der Wirt erinnerte sich sehr gut des Malers, der vor zwei Jahren etliche Wochen bei ihm gewohnt hatte und täglich auf den Heuberg und zur Staffelalp hinaufgestiegen war. „Ein stiller Herr war er", berichtete der redselige Mann, „ein sehr stiller Herr, aber außerordentlich liebenswürdig. Wir hatten ihn alle gern, und es tat uns leid, als er dann so plötzlich abreiste, aber das Bild war ja fertig. Ein herrliches Gemälde, ein ganz außergewöhnliches Gemälde!"

Und nun war Frau Heidemann auf dem Weg zur Staffelalp. Sie fühlte ihr Herz heftig klopfen. War es der steile Aufstieg oder die Erregung, die sich ihrer bemächtigte, wenn sie daran dachte, was die nächsten Stunden ihr vielleicht bringen würden? — Wenn Tobias ahnte! — Das Blut stieg ihr in die Wangen. Heimlichkeiten lagen ihrem Wesen sonst gänzlich fern. Der Gedanke, daß sie hier in die persönlichsten Angelegenheiten ihres Sohnes eingriff, ohne daß er davon wußte, ließ sie vor sich selbst erröten. Aber sie wußte, daß sie kein Unrecht beging mit dem, was sie vorhatte. In vielen sorgenvollen Stunden war der Entschluß in ihr gereift. Zwar hatte sie keine Ahnung, wie ihr Unternehmen enden würde, zu dem sie sich entschlossen hatte, sie wußte nur eins: daß sie nicht anders handeln konnte. — Unendlich hatte sie um den Sohn, der ihr einziges Kind war, gelitten. Es fing schon damals an, als er aus dem Weltkrieg zurückgekehrt war, ein Grübler, verschlossen und in sich gekehrt. Eines Tages aber hatte er ihr eingestanden, und es war wie der Ausbruch einer großen inneren Not gewesen: „Mutter, ich habe den Glauben an Gott und Menschen verloren."

Dann war Marietta Concordi gekommen. Ihr Mutterherz hatte sich angstvoll dagegen gewehrt. Nein, das konnte niemals die Lebensgefährtin, die Weggenossin ihres Sohnes sein. Er aber glaubte in ihr das Glück seines Lebens zu finden. Bald genug mußte er seinen Irrtum erkennen. Nun aber war sie, die Mutter, es gewesen, die versucht hatte, zu überbrücken. Er hatte dieser Frau sein Wort gegeben. Das mußte ihm heilig sein. Es ging doch nicht an, daß zwei Menschen, die sich Treue gelobt hatten, einfach wieder auseinanderliefen, weil sie nicht zusammenstimmten. Ernst hatte sie zu ihrem Sohn von ihrer Sorge gesprochen. Er aber hatte sie beruhigt: „Mutter, ich müßte nicht dein Kind sein, würde ich nicht ebenso denken wie du. Nein, diese Schande tu ich dir nicht an."

„Nicht um die Schande geht es mir", hatte sie erwidert, „sondern um die Treue."

Und sie hatte zusehen müssen, wie der Sohn an der Seite dieser Frau immer schweigsamer wurde. Sie wußte, er litt unsagbar, aber ihre Hände waren gebunden. Auf ihr rechtzeitiges Warnen war nicht gehört worden. Ein einziges Mal hatte sie sich an die Schwiegertochter gewandt: „Willst du mir meinen Sohn zugrunde richten?"

Da hatte sie ihr höhnisch ins Gesicht gelacht: „Ein Schwächling, der sich von einer Frau zugrunde richten läßt."

Frau Heidemann hatte sich wortlos abgewandt. Sie hätte der Schwiegertochter Verachtung und Zorn entgegenschleudern mögen, aber sie beherrschte sich. — Nein, ein Schwächling war Tobias nie gewesen, aber stets hatte er es ernst genommen mit dem, wozu er sich einmal entschlossen. Er glich auch darin ganz seinem verstorbenen Vater. Pedantisch nannte ihn seine Frau, die seine Gewissenhaftigkeit lästig empfand. Dann hatte Marietta ihn eines Tages verlassen. Nun hätte er sich von ihr lösen können. Weshalb war er nicht darüber froh? Weshalb machte er sich nicht frei von den Ketten, die ihn doch nur noch äußerlich an sie banden? Wie oft hatte die Mutter hin und her gesonnen. Ist Trennung, endgültiges Lösen nicht das Richtige in einem solchen Fall? Aber sie hätte nie gewagt, ihm zuzureden. Alles im Leben muß ausreifen. Und sie scheute sich immer davor, ernste Entscheidungen zu treffen, ohne sich über den Willen Gottes klar zu sein. Sie war eine Christin und versuchte stets, als solche zu handeln. Und schließlich mußte ihr Sohn selbst wissen, was er zu tun hatte. Bangen und Beten, das Vorrecht und die Aufgabe der Mütter, blieb ihr.

Tobias war dann ins Gebirge gereist, um zu malen und zur Ruhe zu kommen. Sein Bild hatte Erfolg gehabt, es war auf der Münchener Kunstausstellung ausgezeichnet worden. Es folgten viele Aufträge. Ganz kurze Zeit schien er froh und zuversichtlich. Eines Tages aber war er zu ihr, seiner Mutter, geflüchtet: „Marietta ist wieder da!" Als er von einer kurzen Reise in seine Wohnung zurückkehrte, hatte sie ihm die Türe geöffnet, als sei es ganz selbstverständlich, daß sie nun wieder auf der Bildfläche erschiene.

„Da bin ich wieder." Mit diesen Worten hatte sie ihn lächelnd begrüßt. „Es war doch nicht das Rechte mit Kaltmann. Wir passen nicht zusammen. So habe ich mich entschlossen, wieder zu dir zu kommen." Er hatte sie einen Augenblick wie entgeistert angesehen, dann war er hochgefahren: „Bist du wahnsinnig geworden? Wie denkst du dir das eigentlich? Glaubst du, du könntest gehen und kommen, gerade wie dir das so paßt?" Sie aber hatte zu weinen begonnen.

„Tobias, ich sehe ein, daß ich verkehrt gehandelt habe, und da ich deine Frau bin, muß ich doch wieder zu dir zurückkehren, wenn ich mein Unrecht gutmachen will." Bittend hatte sie ihm die schönen Hände entgegengestreckt. Er aber schien sie nicht zu sehen. Da hatte ihre Stimme einen dunklen Ton angenommen: „Hast du noch nie ein Unrecht getan, daß du so unversöhnlich bist?"

Wohl war er wortlos an ihr vorbeigegangen. Aber sein stark ausgeprägter Gerechtigkeitssinn ließ es nicht zu, diese Frage unbeachtet zu lassen. War nicht auch er schuldig geworden? Und dann war er mit seiner Not zu seiner Mutter geflüchtet. „Ich sehe keinen Ausweg mehr. Ja, sie hat Recht, mich an mein eigenes Unrecht zu erinnern, obgleich sie keine Ahnung von einer Schuld auf meiner Seite hat. Sie spielt stets mit großen Worten. Sie konnte natürlich nicht wissen, was sie in mir aufriß. — Ich muß es dir sagen, Mutter. Ich bin in den Bergen einem Mädchen begegnet, fast noch ein Kind, so lauter und klar wie ein Frühlingsmorgen. Sie ahnte nicht, daß ich verheiratet bin, und ich vermochte nicht von meiner Not zu ihr zu sprechen. An ihr bin ich schuldig geworden und darum gleichzeitig an Marietta, die noch meine Frau ist. Bis dahin ertrug ich diesen Zustand einigermaßen, nachdem dieses Mädchen jedoch in mein Leben getreten ist, ertrage ich Mariettas Art nicht mehr. Ihre Unaufrichtigkeit tötet mich. Und nun kehrt sie zu mir zurück und tut, als sei nichts geschehen, heuchelt ein wenig Reue und gibt an, nicht mehr ohne mich leben zu können. — Mutter, was soll ich tun? Ich weiß wohl, es gibt einen Ausweg aus dieser Lage, ich kann mich scheiden lassen. Aber steht es mir zu, sie anzuklagen im Bewußtsein meiner eigenen Schuld?"

Ganz ruhig war Frau Heidemann über diesem Geständnis geworden. Es überwältigte sie, daß der Sohn ihr vollen Einblick in seine geheimsten Gedanken gewährte. Die Verzweiflung mußte ihn dazu veranlaßt haben. Und es ward ihr klar, daß es jetzt nicht so sehr darauf ankam, wie sie sich zu dem, was er ihr anvertraut hatte, äußerte, sondern die Hauptsache war, daß sie überhaupt da war und ihn anhörte.

„Ich komme nicht los von dem Gedanken", fuhr Tobias fort, „daß das Mädchen durch mich unglücklich geworden ist. Wenn ich nicht fürchtete, durch mein Erscheinen nur neue Not über sie zu bringen, sie aus der Ruhe und dem Frieden ihres schlichten Lebens aufzustören, ich hätte sie längst wieder aufgesucht und mich um ihr Wohlergehen gekümmert. Andererseits aber weiß ich auch, daß ich sie nicht wiedersehen darf, weil ich meiner selbst nicht sicher bin. Tage und Nächte habe ich hin und her gesonnen. In Mariettas Abwesenheit wurde ich ruhiger, nun aber sehe ich Not auf beiden Seiten und finde keinen Ausweg. Ich weiß, Mutter, du kannst mir auch nicht helfen, zumal dein Trost und deine Vorschläge aus deiner christlichen Denkungsart hervorgehen würden, aber ich mußte es dir sagen; ich muß wissen, du kennst meine Not und trägst mit mir."

Erschöpft hatte er geschwiegen. Sie aber, die Mutter, hatte ihm, der sein Gesicht in den Händen barg, über das dunkle Haar gestreichelt, wie sie es so oft getan, wenn er als Kind mit irgendeiner Not zu ihr gekommen war, und hatte nichts Besseres zu sagen gewußt als: „Mein Junge, mein armer Junge, hier muß Gott dir den Weg weisen."

Und nun war Frau Heidemann auf dem Weg, dieses Mädchen zu suchen. Wochen waren seit jenem Tag, da der Sohn ihr dieses Bekenntnis gemacht hatte, vergangen. Sie hatten beide nicht mehr darüber gesprochen, dem Mutterauge aber entging die Unruhe des Sohnes nicht. Was konnte sie nur für ihn tun? Wie weit ging hier das Recht der Mutter? Einmal hatte er ihr eine neue Skizze in seinem Buch gezeigt. Beim suchenden Blättern war ihr die Zeichnung eines außergewöhnlich feinen Mädchenkopfes aufgefallen. Er hatte es wahrgenommen und reichte ihr das aufgeschlagene Buch: „Das ist sie!"

Aus einem wohlgeformten, ovalen Gesicht mit klarer Stirne und schmaler Nase blickte ihr ein Paar

Augen entgegen, deren Ausdruck so gewinnend und innig war, daß Frau Heidemann eine ganze Weile nicht von ihnen loskam. Unwillkürlich verglich sie die selbstbewußen Augen Mariettas mit diesen, die wie ein klarer Bergsee anmuteten, und machte sich gleichzeitig stumme Vorwürfe über die geheime Regung ihres Herzens. Marietta war nun einmal Tobias' Frau. Wer aber war diese? Ein Hirtenmädchen, ein Bergkind, das vielleicht ungewollt solchen Eindruck auf ihren Sohn gemacht und ihn nun in solche Not gebracht hatte. — Ihn? — Und sie selbst? — Konnte es nicht sein, daß sie ebenso unter diesem Erlebnis litt, oder gar noch stärker litte, als er? — Frau Heidemann gedachte ihrer glücklichen Ehe, die ohne jede Störung in schönster Harmonie verlaufen war. — Armes Mädchen! Das Beste wäre gewiß, es hätte inzwischen geheiratet. Vielleicht war es auch geschehen. Einem so ansehnlichen Mädchen fehlte es sicher nicht an Bewerbern. — Und plötzlich meinte die Mutter, einen Ausweg gefunden zu haben. Sie mußte ins Gebirge reisen, das Dorf und die Alp aufsuchen, sich nach dem Ergehen Steffas erkundigen und dann dem Sohn Bericht geben. Wenn sie ihm sagen konnte: Sie ist versorgt, verheiratet, dann würde er gewiß zur Ruhe kommen und erkennen, daß dieses Bergkind einen Weg aus der Not heraus gefunden hatte, in die er meinte es gebracht zu haben. Das war das Einzige, was sie für Tobias tun konnte. Und dieses mußte schnellstens geschehen.

Ganz zuversichtlich war ihr Mutterherz bei diesem Gedanken geworden. Ihr Vorhaben war sicherlich richtig. Als ihr Sohn für einige Wochen nach Berlin reisen mußte, hatte sie gleich am darauffolgenden Tag die Fahrt angetreten, ganz ohne sein Wissen. Nun war sie schon etliche Tage hier. Sie hatte sich das Suchen leichter vorgestellt. Fast wäre sie mutlos geworden. Jetzt aber glaubte sie, auf der rechten Spur zu sein. Noch eine Stunde und sie würde die Staffelalp erreicht haben. Fand sie das Mädchen dort nicht, so konnte man ihr gewiß Auskunft geben, wohin sie sich gewandt hatte. — Langsam stieg sie bergan. Wie kam es nur, daß sie plötzlich von einer seltsamen Unruhe befallen wurde? Und wenn das Mädchen nun nicht geheiratet hätte? Wenn die Begegnung mit Tobias ...?

„Grüß Sie Gott wohl!"

Eine ältere Frau in Walsertracht hatte Frau Heidemann eingeholt und sie mit ihrem Gruß aus ihren Gedankengängen gerissen. Am Wegesrand stand eine Bank, die zur Rast einlud. Frau Heidemann ließ sich darauf nieder. Der Bank gegenüber befand sich auf einem Steinsockel ein Marienbild. Die Bäuerin bekreuzte sich ehrfürchtig davor und trat dann in die angrenzende Wiese, wo sie sich daran machte, das aufgeschichtete Heu von den Stützen zu nehmen und zu verstreuen. — „Wie nennen sie diese Stützen?" fragte Frau Heidemann.

„Heinzen", erwiderte die Frau. „Unsere Jugend sagt auch scherzweise ‚Marterhölzer', weil man mit ihnen so viel mühsame Arbeit hat." Geschickt rissen ihre Hände die von dem Heu befreiten Hölzer aus dem Boden. „Ja, ja", fuhr sie dann fort, „die Jugend weiß halt noch nichts davon, wie nötig die Marterhölzer im Leben sind. Was wären wir alle ohne unser Kreuz? Leichtsinniges, oberflächliches Volk. Die Marterhölzer halten uns schön drunten."

Frau Heidemann blickte stumm hinüber zu der schaffigen Frau, in deren Gesicht tiefe Furchen gegraben waren. Arbeit und Leid mochten sie eingesenkt haben. Von ihr glitt ihr Blick zu dem Marienbild. Im Schoße der Schmerzensmutter ruhte der Leichnam Jesu. Über das Antlitz Marias rannen Tränen, während sie den toten Sohn umfangen hielt. In groben Schriftzügen war darunter zu lesen:

O Mutter Gottes, kein Schmerz ist so groß,
wie der, den du trägst in deinem Schoß.
So kannst du verstehn aller Mütter Leid,
weil dir der Schmerz das Herz hat entzweit.

Ähnliche unbeholfene und doch der Innigkeit nicht entbehrende Reime fand man hier an mancher Wegkreuzung. Frau Heidemann hatte in den letzten Tagen eine ganze Reihe solcher gefunden und war sinnend davor stehengeblieben. Dieser Spruch aber schuf in ihr eine tiefe Ergriffenheit. Die Bäuerin blickte verstohlen herüber zu der Fremden, die so schweigsam war. Dann sagte sie: „Der Platz, auf dem Sie sitzen, wird die Mutterbank genannt. Hierher tragen die Mütter der Gegend ihren Kummer. Ich habe' auch schon oft dagesessen."

Frau Heidemann spürte, wie gut diese Worte gemeint waren, und fühlte sich mit dieser schlichten Frau verbunden. Waren nicht alle Mütter Schicksalsgenossinnen, aneinandergekettet durch Leid und Schmerzen? Und auch wieder verbunden durch die tiefste aller Freuden, die Freude, Mutter sein zu dürfen? — Sie wechselte noch ein paar freundliche Worte mit der Bäuerin und machte sich dann wieder auf den Weg bergauf, der Staffelalp zu. In ihr aber klang das letzte Wort jenes Verses nach: „Aller Mütter Leid."

*

Nun hatte Steffa Matt schon etliche Seiten ihres schwarzen Büchleins mit Aufzeichnungen gefüllt. Als sie erst einmal angefangen hatte, bekam sie Freude am Schreiben. Schon als Kind waren ihr die Aufsatzstunden in der Schule die liebsten gewesen. Der Lehrer hatte sich oft über ihre schriftlichen Leistungen anerkennend geäußert und manche ihrer Arbeiten dem Ortsgeistlichen vorgelegt. Dieser, der Steffas Großvater, den Lehrer, noch gekannt hatte, war der Meinung, sie müsse diese Gabe von ihm, bei dem sich dichterische Begabung gezeigt hatte, geerbt haben. Es sei ein Jammer, daß solche Fähigkeit nicht gefördert werden solle. Jahrelang war Steffa nicht mehr ans Schreiben gekommen; nun aber wurde es ihr zum Bedürfnis, ihre Gedanken aufzuschreiben, und das umso mehr, als sie nur wenig unter Menschen kam. Seitdem man sie im Dorfe geringschätzig und verächtlich behandelt hatte, stieg sie nur ganz selten hinab ins Tal, und bei ihren alltäglichen Gängen zur unteren Alp verweilte sie dort nie lange, schon weil sie das Kind nur ungern allein ließ.

Der Kleine gedieh prächtig und beglückte die junge Mutter an jedem Tag aufs neue. Gewissenhaft, als sei sie darüber Rechenschaft schuldig, schrieb sie ihre Beobachtungen über des Kindes Fortschritte nieder.

*

Jos versucht schon, auf seinen Beinchen zu stehen. Zwar ist er nicht so groß und kräftig wie der Sepp in der unteren Alp, der fast zur gleichen Zeit auf die Welt kam, aber gesund ist mein Bübel und gerade Glieder hat es. Das Liebste sind mir seine Augen, die so blau sind wie der Himmel an einem sonnigen

Maientag. Mir ist's oft, als schaue sein Vater mich aus ihnen an. — Tobias — ach, wo mag er sein? Mög' die Gottesmutter ihn schützen! Daß er so gar nichts vom Wachsen und Gedeihen seines Bübleins miterleben kann! — Bis in die Seele tut's mich oft dauern.

*

Heute ist die Mutter bei mir gewesen. Sie zürnt mir, weil ich nicht öfters zu Tal steige. „Du weißt, ich fürcht' die Leut'", hab' ich zu ihr gesagt. Da ist sie hochgefahren: „Hätt'st du ihr Gerede nur beizeiten gefürchtet, dann brauchtest du ihnen heut' nicht aus dem Weg zu gehn."

Was soll ich darob antworten? — Es ist herb, daß wir uns so sehr wenig verstehen — und doch meint's die Mutter gut — sehr gut — ich weiß es. Meine Pflicht sei's, des Sonntags zur heiligen Messen zu gehen, und gebeichtet hätt' ich auch schon gottssträflich lang nicht mehr, hat sie gesagt. Darauf hab' ich ihr entgegnet, ich könnt' hier oben ebensogut beten und tät es auch, und oft meint' ich, hier auf dem Berge dem Gottvater viel näher zu sein als da unten, wo es den Menschen allweil eine Lust wäre, mit Steinen auf den Nächsten zu werfen. Da hat sie gejammert, das sei ihr das Schwerste, daß ich trotz meiner Schand' nicht zur Einsicht käme und dazu noch hochmütig sei. — Ich aber hab' denken müssen, wie wenig doch die Mutter ahnt von dem, was ich im Geheimen durchlebt und durchlitten habe.

*

Als ich das letztemal schrieb, hab' ich den Grund, warum die Mutter zu mir heraufgestiegen ist, nicht genannt. Das muß ich heut' nachholen, denn es ist wichtig. Einen Hund hat sie mir gebracht, sie, die sich sonst nie um ein Tier kümmert, seitdem die Lawine ihr damals den ganzen Viehbestand verschüttet hat. Sie hab' ihn einem Händler abgekauft, der ihn los sein wollte. Ich solle ihn oben behalten. Ich wußte aber gleich, woran sie gedacht hatte. Mein Jos, mein Büberl, soll nicht allein sein, wenn ich die Kühe auf die Weiden treibe, oder mit der Milchbütten hinabsteige. Ich weiß es ihr zu danken, der guten Mutter, die sich immer scheut, ihr Herz zu zeigen. Und nun hausen wir zu dritt da heroben. — Marko ist ein treues Tier, das sein Amt schnell begriffen hatte. Sobald ich mich zum Gehen richte und das Gatter zuwerfe, legt er sich neben die Wiege und rührt sich nicht vom Fleck, bis ich zurückkehre. Jos aber jauchzt laut auf, wenn er den Hund sieht und strebt ihm mit Armen und Beinen entgegen.

*

Das Kind erfreut mich von Tag zu Tag mehr. Jetzt steht es schon fest auf beiden Füßchen und versucht, die ersten Schritte an meiner Hand zu machen. Sein Lachen klingt wie ein helles Silberglöckchen. Dann aber kann er auch wieder so verträumt aus der Wiege in die ziehenden Wolken oder in die Äste der im Wind sich bewegenden Bäume blicken, daß man denken könnte, das kleine Hirn sei schon jetzt erfüllt mit Wundern und Fragen. Dann mahnt er mich immer am meisten an Tobias — an seinen Vater, der nichts von ihm weiß. — Das will mir immer das Herz bedrücken.

Als das Kind nach seiner Geburt gemeldet wurde, hätt' ich den Namen seines Vaters angeben sollen. Die

Mutter aber hat es mir verboten. Sie leidet es nicht, daß er für Jos zahlt. Sie flucht ihm nach wie vor. Ich hätt' den Namen wohl auch selbst nicht genannt. Man soll nicht schlecht über Tobias denken. Ich würde das nicht ertragen.

Heute war ein furchtbares Gewitter. Ich hab schon manches schwere Wetter hier oben erlebt, aber ein solches noch nie. Die Berge sahen drohend und gespensterhaft aus, nicht als seien sie Freund mit uns Menschen. Da ist mich auch das Fürchten angekommen, nicht etwa wegen des Unwetters, es war einer der Sommergäste, ein Fremder, der mich ängstigte. Wir waren vor dem Wetter in die Hütte geflüchtet; ich hatte das Kind an der Brust. Furchtbar dröhnte der Donner und die Blitze zuckten, als sollte die Welt in Flammen aufgehen. Es ist ja bei uns so: wenn erst ein Gewitter sich in unserem Tal verfängt, dann findet's so bald nimmer heraus. Plötzlich wird die Tür aufgestoßen. Triefnaß stürmt ein Fremder herein und flucht gar schrecklich über das Wetter, scheint sich jedoch gleich zu beruhigen, als er ein Dach über dem Kopf hat. Als er mich mit dem Kind sitzen sieht, staunt er uns mit frechen Augen an. „Ein schönes Bild", sagt er und tritt näher. In seinem Blick liegt etwas, das mir das Herz zittern macht. Das ist ein schlechter Mensch, denk ich und muß mich sogleich des Tobias erinnern. Nein, so hat er mich nie angesehen. — Jos, der bei seinem Eintritt erschrocken aufgefahren war, beginnt zu weinen. Ich lege ihn in seine Wiege und versuche, ihm tröstlich zuzusprechen. Dabei klopft mir das Herz bis in den Hals herauf. Der Fremde aber steht breitspurig in der Mitte der Stuben und hat noch immer das freche Lachen in seinen Augen.

„Warum laßt Ihr Euch stören?" fragt er, und als ich ihm die Antwort schuldig bleibe, blickt er wie suchend umher. „Bist du allein, schönes Kind?" fragt er. „Dein Mann ist wohl unten im Ort? Bei dem Wetter wird er wohl nicht so schnell zurückkehren." Und dann streckt er die Hände nach mir aus und tritt näher an mich heran. „Oder hast du gar keinen Mann? Desto besser." Mich aber will die Angst schier erdrücken. In diesem Augenblick stürzt Marko, der noch nie einem Menschen etwas zuleide getan hat, unter dem Tisch hervor. Er fletscht die Zähne und will dem Fremden zu Leibe gehen. Ich rufe den Hund zurück, der aber, sonst so folgsam wie ein Lamm, ist wie rasend und nicht zu halten. Der Mann stößt wilde Flüche aus und tritt mit dem Fuß nach dem Hund. Als er sieht, daß er gegen das Tier nicht ankommt, macht er einen Sprung und flüchtet zur Tür hinaus, allerdings mit einem zerrissenen Hosenbein. — Im ersten Augenblick wußt' ich nicht, soll ich lachen oder weinen. Als Marko dann schweifwedelnd zurückkommt, seinen Kopf an mein Knie legt und mich mit treuen Augen ansieht, laufen mir doch die Tränen über das Gesicht. Ich drücke mein Büberl ans Herz und kann eine ganze Weile nicht aufhören zu weinen — wir, mein Kind und ich, haben keinen, der uns beschützt, außer dem treuen Hund.

Das Gewitter verzieht sich, und auch ich werde ruhiger. Jetzt weiß ich auch, daß es eine Sünd' war, mich verlassen zu fühlen und traurig zu sein. Auch über uns hier oben waltet Gottes Hand und hat uns heute bewahrt; er kann sich dabei selbst eines Hundes bedienen. — Guter Marko!

*

Jos läuft allein und strahlt vor Freude über sein Können. Wie kann solch ein Kind einem das Herz auftun! Fünf Zähnlein hat er auch schon. Aus dem kleinen Wickelkind ist ein festes Büberl geworden. Nur will es nimmer gern allein sein. Ob ihn das Eindringen des Fremden bei dem Gewitter erschreckt hat? — Ich könnte nicht mehr ruhig von ihm gehen, wenn Marko nicht da wäre.

*

Heut' hab' ich ein arges Leid erfahren und meiner Mutter schweren Kummer bereiten müssen. Sie stieg den Berg zu mir herauf, obgleich es ihr langsam beschwerlich wird, — hatte ihr Sonntagsgewand an und tat sehr feierlich.

„Die Gottesmutter hat meine Bitte erhört", sagte sie zu mir, „sie will deine Schmach von dir nehmen. Der Appler Antonio hat sich mir als Tochtersohn angetragen. Am Sonntag kommt er zu dir herauf, um mit dir alles auszumachen. Er nimmt dich mitsamt dem Kind."

Ich hab' gefühlt, wie mein Herzschlag bei den Worten der Mutter aussetzte und meine Knie zu schlottern begannen. „Was guckst du mich so an?" hat die Mutter gefragt. „Es will mir scheinen, als ob der ehrenwerte Antrag des Antonio dich nicht freue. Wohl hätt' ich mir auch einen anderen Tochtermann gewünscht. Dem Appler sein Hof ist klein, und der Alte sitzt gern hinterm Krug, aber da heißt's jetzt, nicht wählerisch zu sein. Sei heilfroh, daß er über deine Schand hinwegsieht und das Kind mit aufnimmt."

Ich hab' noch immer kein Wort reden können. Da hat die Mutter die Geduld verloren. „So schwätz' doch!“ hat sie geschrien. „Man könnt ja meinen, du habest die Sprache verloren.“ Endlich fand ich meine Stimme wieder.

„Mutter, ich kann nicht“, hab' ich gesagt und dabei bin ich geblieben. Ich weiß heut' nimmer, welche Namen mir die Mutter gegeben hat — gut, daß ich's nimmer weiß. Es waren harte Worte, aber ich bin ihr nicht gram darob, weiß ich doch, daß selbst ihre Härte aus der Liebe kommt, und daß es die Sorge um meine Zukunft ist, die sie treibt, solches von mir zu fordern. Aber ich kann nicht des Appler Antonio Frau werden. Das hieße, zu der ersten Schuld an meinem Kinde noch eine zweite auf mich zu laden. Nein, Jos, nie sollst du nur ein geduldetes Kind sein, dem man schließlich einmal seine Herkunft vorwirft. Und ebensowenig ertrüge ich es, aus Gnaden in einem Hause Unterschlupf zu finden. Es mag auf die Dauer eine harte Buße sein, im Leben allein zu stehen; aber ich wähle sie um deinetwillen, Josi. Ich leiste Verzicht, um dir ungehindert deine Kindheit gestalten zu können, so, wie mein Gewissen es mir gebietet.

Im Zorn ist die Mutter von mir gegangen. Ich weiß, sie kommt so schnell nicht wieder zu mir herauf, aber ich konnt' nicht anders handeln — um meines Kindes willen.

*

Und nun standen sie sich gegenüber, die Mutter Heidemanns und die Mutter seines Kindes. Beider Herzschlag stockte einen Augenblick lang, beider Augen ruhten erschrocken ineinander, Ahnungen blitzten auf, Möglichkeiten wurden erwogen; Furcht und Zweifel, Hoffnung und zagendes Erwarten stürmten machtvoll auf die beiden Frauen ein. Das alles dauerte wohl nur Sekunden, diese aber waren bis zum äußersten mit Spannung geladen. Weder Frau Heidemann noch die junge Mutter fand ein Wort der Begrüßung. Das Jauchzen des Kindes riß beide aus ihrem Sinnen. Jos tapste über den weichen Grasboden und versuchte Blumen zu rupfen, wobei er gewöhnlich nur die Köpfe der Gänseblumen und Bärentölpli abriß und die Stengel stehen ließ. Mit sonnigem Lächeln grüßte er die fremde Frau und streckte ihr das blumengefüllte Händchen entgegen: „Da!"

Frau Heidemann spürte, wie ihr die Füße versagten. Ob sie ein Weilchen ruhen dürfe, fragte sie und ließ sich gleichzeitig auf der Bank vor der Hütte nieder.

„Gern!" erwiderte Steffa, und auch ihre Stimme bebte. „Der Aufstieg ist beschwerlich. Darf ich der Dame ein Glas Milch bringen? Das wird sicher erquicken." Sie eilte in die Hütte, um es zu holen. In der Küche blieb sie einen Augenblick stehen und preßte die Hände zusammen. — Diese Ähnlichkeit! — Wenn diese Frau — nein — gewiß war es eine Täuschung, und doch — und doch!

Als Steffa die Milch herausbrachte, saß Josi auf dem Schoß der Fremden, während Marko seinen Kopf auf deren Knie gelegt hatte und mit seinen treuen Hundeaugen abwechselnd das Kind, dann wieder die Frau anblickte.

„Das Tier scheint dem Kleinen gut zu sein", sagte Frau Heidemann, nur um die bedrückende Stille zu unterbrechen. Tränen standen in ihren Augen Sie beugte sich tiefer zu dem Kind, um sie vor dessen Mutter zu verbergen. Steffa war beim Klang der Stimme aufs neue zusammengefahren. War denn so etwas möglich? — Sie hatte das Glas mit der Milch auf den Tisch gestellt und streichelte ebenfalls, um ihre Bewegung nicht zu verraten, des Hundes Kopf.

„Ja, Marko ist ein treues Tier und allen zugetan, die dem Kleinen gut sind. Er betrachtet sich nämlich als seinen Schützling."

„Josi heißt der Kleine?"

„Ich habe den Namen nie gehört. Ist er eine Abkürzung von Joseph?"

„Nein, sonst würde man ihn Sepp rufen. Jos ist ein Name, der in unseren Bergen häufig vorkommt."

„Es ist schön hier bei Ihnen."

„Ja, es gefällt den meisten Fremden. Aber ich meine immer, ein so kurzer Besuch von wenig Tagen oder Wochen bringe sie unseren Bergen nicht recht nahe. Man verwächst doch ganz anders mit ihnen, wenn man zwischen ihnen groß wird."

„Dort drüben — das sind die Schafalpen?" Frau Heidemann fragte in ihrer Not, was sie längst wußte; sie tat es, um ihre innere Erregung nicht zu verraten.

Steffa gab freundlich Auskunft. „Ja, und dort das Kempterköpfle, rechts, der Berg mit den steilen Wänden, das Elferhorn, und vor ihm der wuchtig wirkende Riese ist der Zwölferkopf."

„Wie hoch sind die Schafalpen?"

„Die südliche Spitze ist 2277, die nördliche 2319 und die mittlere 2304 Meter hoch."

„Daß Sie so genau orientiert sind!"

„Das lernt man in der Schule, und dann muß man auch häufig den Fremden Auskunft geben."

„Dann ist der Umgang mit den Fremden für Sie etwas Alltägliches?"

„Ja, man gewöhnt sich daran."

„Es klingt nicht gerade froh, wie Sie das sagen."

„Es sollte nicht unfreundlich klingen. Wir sind von den Fremden abhängig. Und dann sind sie ja auch nicht alle gleich. Es gibt auch solche, die bei uns die Stille und den Frieden suchen. Die sind entschieden die angenehmeren."

Staunend blickte Frau Heidemann zu dem Mädchen auf. So sprach eine Sennerin? — Kein Wunder, daß Tobias ... Mit zitternder Hand streichelte sie dem Kinde auf ihrem Schoß über das weiche Haar und blickte sinnend und suchend in seine tiefblauen Augen.

„Jetzt muß die Dame aber die Milch trinken", erinnerte Steffa. „Soll ich etwas Brot und Butter oder Käse bringen?" Frau Heidemann dankte. Nein, sie wolle nichts essen. Steffa nahm ihr das Kind ab und trug es zu den alten Tannen, unter denen ein Tuch auf weichem Boden ausgebreitet lag.

„So, hier spielt jetzt mein Büberl. Das Mutterle hat zu schaffen." Gehorsam setzte Jos sich nieder und griff nach einigen der herumliegenden Holzklötzchen. Marko, seiner Pflicht bewußt, war ebenfalls herübergekommen und legte sich in der Nähe des Kindes nieder.

Auch Frau Heidemann erhob sich, indem sie sagte: „Ich will jetzt weitergehen. Nicht wahr, von hier führt der Weg zur Buchalp?" — Steffa bestätigte es.

„Und was kostet die Milch?"

Das Mädchen errötete. „Die kostet nichts. Es war ja nur eine kleine Erfrischung nach dem beschwerlichen Aufstieg. — Geht die Dame von der Buchalp direkt hinunter ins Tal?"

„Ja, von dort soll doch ein angenehmer Weg hinabführen?"

„Es kommt darauf an, wohin man will. Zum oberen Dorf steigt man gleich von hier aus hinunter."

„Ich wohne im Gasthaus ‚Zu den drei Heiligen'."

Wieder errötete Steffa. „Dann allerdings gehen Sie am besten zur Buchalp."

Noch einen Augenblick zögerte Frau Heidemann, so, als kämpfe sie mit einem Entschluß. Dann reichte sie der Sennerin die Hand.

„Haben Sie Dank für die Erfrischung. Das Ausruhen hat mir gut getan. Es ist so schön hier oben. Ich denke, daß ich nicht das letztemal auf der Staffelalp war."

„Die Dame gedenkt länger in Mittelberg zu bleiben?"

„Ich weiß es noch nicht genau, bestimmt aber noch einige Tage. Auf Wiedersehen, Frau ..."

„Steffa Matt", ergänzte das Mädchen. „Ich bin nicht verheiratet." Und sie blickte Frau Heidemann freimütig an.

„Auf Wiedersehen, Steffa Matt."

„Behüt Gott! Mög' die Dame gut herunter kommen."

Es sah aus, als wolle diese noch einmal hinüber zum Tannenplätzchen. Dann aber winkte sie dem Kinde zu. „Ade, kleiner Jos!" und schritt eilig, ohne sich noch einmal umzusehen, davon. Über ihr Antlitz, auf dem sonst der Widerschein innerer Ruhe und milder Festigkeit lag, liefen Tränen.

Steffa aber stand vor der Hütte, die Hände auf das unruhige Herz gepreßt, und blickte der Davoneilenden nach. „Tobias", flüsterte sie, „das kann nur deine Mutter sein."

*

„Jos, kleiner Jos — meines geliebten Tobias' Sohn!"

Frau Heidemann saß in ihrem Zimmer, hatte das

Gesicht in die Hände vergraben und stöhnte auf im Bewußtsein der eigenen Hilflosigkeit. Schwere Bürden waren auf ihre Schultern gelegt. Wie sie sich auch besann, sie sah keine Möglichkeit, sie loszuwerden. Nicht an sich selbst dachte sie in erster Linie, sondern an ihren Sohn, an dessen Frau, vor allem aber an die junge Mutter auf dem Berge mit ihrem herzigen Kind. Sie alle standen fordernd vor ihrer Seele: du weißt nun von allem. Hilf uns, sorge für unser Recht! — — Herz und Pflichtgefühl drängten sie, sich dem Mädchen auf der Alp zu nähern und ihr zu gestehen: „Ich bin Tobias' Mutter, dein herziges Kind ist mein Enkel." — Aber würde sie Steffa nicht in weit größere Not stürzen? — Das Mädchen hatte ihr nicht den Eindruck gemacht, als sei es unglücklich. Vielleicht hatte es sich mit seinem Los abgefunden. Es schien ganz für das Kind zu leben — für Tobias' Kind. — Bei dieser verblüffenden Ähnlichkeit konnte kein Zweifel mehr bestehen — es war sein Sohn. — War es nicht ihre Pflicht, ihre Entdeckung Tobias mitzuteilen? — Mußte er nicht für sein Kind sorgen? — Aber würde er noch länger neben Marietta leben können, wenn er erst von dem Dasein seines Sohnes wußte — er, der sich seit Jahren nach einem Kind sehnte? — — Sie glaubte genau zu wissen, daß seine Ehe, die ohnehin nur noch äußerlich bestand, von dem Augenblick an, in dem er vom Vorhandensein des Kindes erfuhr, gänzlich zersplitterte. Sie wußte, er liebte dieses Mädchen Steffa, — er, der vom Leben Betrogene —, er liebte es um seiner schlichten Lauterkeit willen. Sie wußte es von dem Augenblick an, seit dem die Sennerin sie mit ihren klaren Augen angeblickt hatte. Aber war es nicht ganz unmöglich, dieses Bergkind aus dem gesunden Boden seiner Heimat in die laute, unruhvolle Welt, in der Tobias lebte, zu verpflanzen? War denn das überhaupt denkbar? Konnte die Sennerin die Nachfolgerin Marietta Concordis werden? — Würde das Mädchen sich zurechtfinden in dem Lebenskreis, in welchem ihr Sohn sich zu bewegen hatte? — Und Marietta, würde sie überhaupt in eine Scheidung einwilligen? Würde sie nicht triumphieren, wenn sie das Vorgefallene erfuhr? Und würde sie nicht die Untreue Tobias' als ständige Waffe gegen ihn benutzen? — Sie hielt sie dessen fähig. Frau Heidemann stöhnte auf in Verzweiflung und Not. Nirgends sah sie einen Ausweg. Tat sie nicht am besten daran, nach München zurückzureisen und über das Erlebte zu schweigen und es tief in ihr Herz zu versenken? Es brauchte ja niemand darum zu wissen.

O, warum war sie nur auf den unseligen Gedanken gekommen, nach diesem Mädchen zu forschen? Nie mehr würde ihr Herz zur Ruhe kommen. Immer würde sie an den kleinen Enkel in den Bergen und seine junge Mutter denken müssen. — Wäre es nicht das einzig Richtige gewesen, alles auf sich beruhen zu lassen, wie es war? — Unwillig über sich selbst erhob sich Frau Heidemann. Wie konnte sie es nur zulassen, daß ihre Gedanken sich auf solche Abwege begaben? Wäre es nicht geradezu eine Niedertracht, wollte sie sich ihren Pflichten entziehen? Das Wissen um das Dasein des kleinen Jos stellte Forderungen an sie und legte ihr Verpflichtungen auf. Zwar wußte sie noch nicht, was sie tun sollte, aber etwas mußte geschehen, das stand für sie außer jeder Frage.

Die folgende Nacht verbrachte Frau Heidemann schlaflos. Sie entwarf Pläne, um sie gleich wieder zu verwerfen. Meinte sie einen Augenblick richtig daran zu tun, wenn sie gleich am nächsten Morgen zur Staffelalp hinaufsteigen würde, um sich Steffa zu erkennen zu geben, so war sie gleich darauf wieder im Zweifel, ob sie das dürfe, ohne vorher Tobias davon in Kenntnis gesetzt zu haben. — Ob sie an ihn schrieb und um seine Entscheidung bat?

Stunden höchster Not durchlebte in dieser Nacht das Mutterherz. Wie sehnte sie sich danach, das Enkelkind in ihre Arme zu schließen! Wie gerne hätte sie auch Steffa, von der sie nun bestimmt wußte, daß sie kein leichtsinniges Mädchen war, Mutterliebe entgegengebracht! — Aber die Hände waren ihr gebunden. Wohin sie sich in Gedanken auch wandte, überall richteten sich hindernde Mauern vor ihr auf. Als sie endlich gegen Morgen in einen unruhigen Schlummer fiel, ward sie selbst im Traum von diesen Bildern verfolgt. Sie hielt ein herziges Büblein in ihren Armen, freute sich an dessen sonnigem Lächeln und meinte, es sei Tobias, ihr Sohn. Plötzlich aber erkannte sie, daß es Jos war. Als sie sich aber nach einem Plätzchen umsah, wo sie das Kind zum Schlafe betten konnte, fand sich nirgends ein solches. Überall stieß sie auf Abwehr und Widerstand, nirgends wollte man den Kleinen dulden. Plötzlich erblickte sie Steffa, die hoch auf einem Felsen stand und trotz eifrigster Bemühungen nicht zu ihr und dem Kinde gelangen konnte. Sie erhob flehend die Hände und rief ihr zu: „Nimm du dich seiner an! Laß es nicht heimatlos sein!"

Schweißbedeckt wachte Frau Heidemann auf. Sie fühlte sich krank und tieftraurig. — Wo war hier ein Weg, den sie einschlagen konnte?

*

Aus dem Tal erklang die Stimme der Glocke; selbst zu den abgelegenen Hütten der Sennen drang ihr Ton, und wo es irgend einzurichten ging, machte man sich auf den Weg zur Kirche. Ehrsam und feierlich, im Sonntagsstaat der Walsertracht, das Gebetbuch in der Hand, schritten etliche der Sennerinnen talabwärts. Da und dort gesellten sich Burschen zu ihnen, ebenfalls im Schmuck des Festgewandes, in kurzen, schwarzen Tuchhosen, weißen Strümpfen und Schnallenschuhen, über dem blütenweißen Hemd mit den bauschigen Ärmeln die leuchtendrote Weste, auf dem Kopf den breitrandigen, schwarzen Hut. — War es nun der lachend-schöne Sonntag, der sie ins Tal lockte, die Aussicht, daß am Nachmittag im Saal der „Alpenrose" Tanz war, oder war es wirklich der alte Missionar, der heute im Kirchlein sprechen würde? Er weilte seit einiger Zeit zu Besuch im Pfarrhaus und hoffte, in der reinen Höhenluft Genesung von einem Leiden zu finden. Dann und wann übernahm er eine Predigt. Er sprach gut und flocht manches Erlebnis aus seinem Aufenthalt in fremden Ländern in seine Reden ein. Die Kirche war stets bis auf den letzten Platz gefüllt, wenn es bekannt war, daß er predigte. Auch heute kamen die Leute von allen Seiten herzu.

Kurz vor dem letzten Abstieg vom Heuberg gesellte sich Steffa Matt zu einigen Sennerinnen. Sie trug ihr Kind auf dem Arm.

„Jetzt schau, die Steffa!" staunte eines der Mädchen. „Lockt dich der alte Missionar auch einmal von deiner Staffelalp herunter? Man hat dich lange nicht in der Kirche gesehen."

Steffa merkte wohl die Herausforderung, die in diesen Worten lag. Sie wußte nur zu gut, wie man noch immer von ihr dachte. Aber es war zwecklos, sich irgendwie rechtfertigen zu wollen. Die andern glaubten ja doch viel lieber Schlechtes als Gutes vom Mitmenschen. So lenkte sie das Gespräch von sich ab und fragte nach diesem und jenem. Ob sie den ganzen Tag unten im Ort zu bleiben gedächten, wer ihnen indessen das Vieh besorge, und anderes mehr. Dabei näherte man sich dem Dorf.

Dem sonnigen Lächeln Josis konnten die Sennerinnen allerdings nicht widerstehen.

„Ein herziges Kind hast du!" sagte die Jüngste von ihnen. „Was hat es nur für schöne, tiefe Augen!" Als sie Jos aber auf den Arm nehmen wollte, verbarg er das Gesicht am Hals der Mutter.

„Er fremdelt, weil er zu wenig unter Menschen kommt", erklärte Steffa.

„Na, von dir hat er's bestimmt nicht, das Fremdeln, und soviel man weiß, findet manch ein Sommergast den Weg zur Staffelalp", stichelte eines der jungen Mädchen.

Steffa schwieg. Was hätte sie auch antworten sollen. Aber auf ihr Herz wollte sich wieder die alte Last legen. Sie blieb eben für die anderen die Geächtete. Und dabei war doch bekannt, daß die eine und andere der Sennerinnen heimlich ein nicht ganz einwandfreies Leben führte. Aber sie hatte eben das Kind. — Leidenschaftlich preßte sie den warmen, kleinen Körper ihres Bübchens an sich. „Mein Jos, mein Kleines!"

*

Aus der Hintertüre des Gasthofes „Zu den drei Heiligen" trat Frau Matt, ebenfalls zum Kirchgang gerüstet.

„Seht die schöne Bäuerin!" äußerten sich halblaut einige Fremde, die auf der Glasveranda ihren Kaffee einnahmen. „Eine stolze Erscheinung!"

Einer der Herren erkannte sie. „Ist das nicht die Frau, die den Küchenbetrieb leitet?"

„Ach ja, richtig! Aber sie sieht aus, wie eine wirkliche Bäuerin. Die Tracht steht ihr vorzüglich."

Frau Matt hatte alles genau verstanden. Die Linien der Bitterkeit verschärften sich in ihrem Gesicht. Einmal, ja, da war auch sie eine stolze Bäuerin gewesen, es war lange her. Und seitdem war ihr alles, aber auch alles mißglückt. Oft war sie ihres Daseins so müde, daß sie wünschte, bei ihrem Mann und den Kindern, die da draußen auf dem Gottesacker ihre letzte Ruhestätte gefunden hatten, zu liegen. Für was und für wen lebte sie noch? — Steffa? — Josi? — Wie lange hatte sie beide nicht gesehen. Nein, sie stieg nicht mehr hinauf, nachdem das eigensinnige Mädchen den ehrenvollen Antrag des Antonio abgelehnt hatte. Und Steffa selbst war seit Wochen nicht unten gewesen. Allerdings, nach dem Kind sehnte Frau Matt sich dann und wann, das konnte sie nicht leugnen. Jetzt sprang es gewiß schon munter auf seinen Beinchen umher. Ein Seufzer entrang sich ihrer Brust. — Als sie nun um die Hausecke bog, stieß sie einen lauten Schrei aus: „Steffa! — Josi!"

Mit wenigen raschen Schritten stand sie vor der Tochter und nahm ihr das Kind aus den Armen, um es zu herzen und zu küssen. Noch nie hatte Steffa die Mutter so gesehen. Plötzlich schien sich diese ihrer weichen Regung zu schämen. Sie stellte das Kind auf den Boden und sagte in fast rauhem Ton: „Wen hast du bei den Tieren?"

„Zensi versprach mir gestern abend, als sie den Käse holte, zu kommen", erwiderte die Tochter. „Sie bleibt heute für mich oben."

„Es ist wahrlich Zeit, daß du dich wieder einmal in der Kirche blicken lässest. Dein Gebetbuch hast du natürlich nicht mitgebracht. Da hast du meines." Sie drückte Steffa das schwarze, sehr abgegriffene Buch in die Hand und schob sie fort.

„Nun lauf schon, es läutet bereits aus." Sie machte das Zeichen des Kreuzes über ihr und hob das Kind wieder auf den Arm. „So, und wir beide werden schon miteinander auskommen."

Was blieb Steffa anders übrig, als der bestimmten Aufforderung der Mutter Folge zu leisten? Vielleicht war es auch besser, sie in dem Glauben zu lassen, daß sie von der Staffelalp herabgestiegen sei, um zur Kirche zu gehen. Den wahren Grund hätte sie ihr ja doch nicht sagen können. — Jos' Rufen drang an ihr Ohr. Er wollte mit dem Mutterle. Steffa winkte ihm zu und vernahm gleichzeitig die tröstende Stimme der Großmutter: „Sei still, mein Büberl, ich hab' auch was Gutes für dich!" In ihren Worten schwang ein heller Freudenton mit. Über Steffas Gesicht huschte ein kleines Lächeln. Großmutter! dachte sie liebevoll. Als sie die Kirche betrat, setzte gerade das Orgelspiel ein. Etliche der Beter blickten von ihren Rosenkränzen auf, und Steffa sah wohl, wie Barbara Stern, eine ihrer früheren Schulkameradinnen, ihre Nachbarin anstieß und mit vielsagendem Lächeln auf sie deutete. Eine alte Frau rückte zur Seite und machte Steffa Platz. Die Gemeinde sang das Eingangslied. Währenddessen bestieg der alte Missionar die Kanzel.

„Ich danke dir, Gott, daß ich nicht bin wie die anderen!" so begann er seine Predigt. Befremdet blickte Steffa zu ihm auf. Welche Selbstgerechtigkeit sprach aus diesen Worten. Stand er als Priester wirklich so erhaben über allen anderen? War er etwa ohne Sünde? Steffa wollte schon bereuen, zur Kirche gekommen zu sein. In ihrer Bergeinsamkeit hatte sie sich den Menschen entfremdet und fühlte sich nun selbst im heimatlichen Kirchlein, das ihr doch von frühester Jugend an vertraut war, nicht mehr heimisch. Nein, sie wäre heute gewiß nicht von der Staffelalp herabgestiegen, hätte sie nicht gehofft, die Dame zu treffen, die Unbekannte, die ihr doch nicht fremd war, zu der sie sich so merkwürdig hingezogen fühlte. Warum hatte sie nur ihr Versprechen nicht gehalten? Sie wollte doch wieder kommen. Oder sollte sie sich getäuscht haben? War sie gar nicht die Vermutete? Steffa mußte Gewißheit haben. Zwar glaubte sie nicht den Mut aufzubringen, die Dame selbst anzusprechen, obgleich sie sich schon tagelang die Worte zurechtgelegt hatte, die sie sagen wollte. Aber jetzt schien es ihr unmöglich zu sein, zu sprechen. Hoffentlich war die Fremde noch nicht abgereist. —

Steffa hatte, ihrem eigenen Gedankengang folgend, nicht mehr auf die Rede des Missionars geachtet. Plötzlich rissen seine Worte sie wieder aus ihrem Sinnen empor.

„Wer nimmt sich das Recht, gleich diesem Pharisäer in erhabener Selbstgerechtigkeit zu sprechen: ‚Ich danke dir, Gott, daß ich nicht bin wie die anderen?‘ Frevel ist das, gottsträflicher Hochmut. Wer wagt es, auf den Nächsten mit Fingern zu deuten und ihm seine Fehler und Schuld vorzuwerfen? Hat nicht Christus uns den Weg gewiesen, als er zu denen sprach, die das sündhafte Weib, die Ehebrecherin, zu ihm schleppten und ihre Steinigung forderten: ‚Wer unter euch ohne Sünde ist, der werfe den ersten Stein auf sie!' — Da ist keiner unter uns, der nicht an seine Brust schlagen und gleich dem Zöllner ausrufen müßte: ‚Gott sei mir Sünder gnädig!'"

Jetzt erst erkannte Steffa, daß der Redner zu Anfang seiner Ansprache ein Bibelwort zitiert und nicht von sich selbst gesprochen und sich über die anderen gestellt hatte. Nun war es ihr auch möglich, seinen weiteren Ausführungen zu folgen. Ganz besonders wohltuend empfand sie es, als er am Schluß in die aufmerksam lauschende Gemeinde rief: „Der Mensch siehet, was vor Augen ist, Gott aber siehet das Herz an." — Viel lieber wollte auch sie in die Hände des barmherzigen Gottes fallen als in die Hände der Menschen.

Als der Gottesdienst beendet war, schritt sie still durch die Schar der noch auf dem Kirchplatz verweilenden Dörfler und neugierigen Sommergäste. Sie fühlte sich innerlich bereichert und aufgerichtet. — Gott sieht das Herz an! Somit wußte er auch um ihr geheimstes Denken. Ja, dahin mußte sie kommen, unbekümmert um das, was Menschen von ihr sagten und über sie dachten, ihren Weg zu ziehen. — Wie sehr sehnte sie sich jetzt erst recht danach, der alten Dame zu begegnen, die bei ihrem kurzen Besuch auf der Staffelalp solch tiefen Eindruck auf sie gemacht hatte. Selbst wenn sie sich getäuscht hätte, wenn diese nicht Tobias' Mutter war, es mußte wohltuend sein, mit ihr, aus deren Augen eine gütige Seele strahlte, zu sprechen.

Inzwischen hatte sich Seltsames ereignet. Die Begegnung zwischen Frau Matt und ihrer Tochter war nicht ohne Zeugen gewesen. Auf der Veranda vor ihrem Zimmer lag Frau Heidemann in einem bequemen Liegestuhl. Am Tage nachdem sie den Heuberg erstiegen hatte, konnte sie sich nicht mehr von ihrem Lager erheben. Eine nicht ganz unbedenkliche Herzschwäche machte ihr sehr zu schaffen. Der Arzt verschrieb Medikamente und riet ihr dringend, Mittelberg zu verlassen, da ihr anscheinend die Höhenluft nicht bekam. Frau Heidemann aber war geblieben. Wie konnte sie nach München zurückkehren, ohne ihre Aufgabe hier erfüllt zu haben? Außerdem glaubte sie, ihren Zustand nicht der Höhenluft zuschreiben zu müssen, sondern vielmehr den Strapazen der letzten Tage, die einfach ihre Kräfte überstiegen hatten, vor allem aber der hinter ihr liegenden seelischen Erregung. Was ihr jetzt nottat, war Stille; sie mußte innerlich zur Ruhe kommen. Sie ließ sich die Mahlzeiten auf ihr Zimmer bringen und mied den Verkehr mit anderen Gästen vollständig. Die Herzschwäche verlor sich denn auch bald wieder, und der Arzt stellte mit Genugtuung die Wirkung der von ihm verordneten Medizin fest, aber zur Ruhe konnte sie deswegen doch nicht kommen. Nicht allein ihr Blick wanderte immer wieder zu den Bergen hinauf, um an jener Tannengruppe, hinter welcher sich die kleine Sennhütte verbarg, haften zu bleiben; auch ihr Herz mit all seiner tiefempfindenden Mütterlichkeit ging diesen Weg immer wieder, immer wieder, ohne Ruh und Rast. — Dort oben lebte Tobias' Kind mit seiner jungen Mutter, die ihrem Sohn rückhaltlos vertraut und sich ihm hingegeben hatte. — Nein, nein, sie konnte diesen Ort nicht verlassen, bis sie sich vor Gott klar war, wie sie zu handeln hatte. Vielleicht war ihr die körperliche Schwäche geschickt worden, damit sie hier in der Stille zur inneren Gewißheit käme. Und wahrlich, sie würde sich durch nichts und niemand zurückhalten lassen, zu handeln, wenn sie erst einmal Klarheit erlangt hatte. — Seit drei Tagen konnte sie es wagen, das Bett zu verlassen und auf der Veranda zu liegen. Sie hatte sich den Stuhl so stellen lassen, daß sie den Heuberg mit der Staffelalp stets vor Augen hatte. Ob die junge Sennerin sich wohl schon gefragt hatte, warum sie nicht wiedergekommen war, ihrem Versprechen gemäß? Aber vielleicht hatte Steffa sie längst vergessen. Für sie war sie die Fremde, einer der vielen Sommergäste. Wie hätte sie ahnen sollen, in ihr die Mutter von Tobias zu sehen!

Mitten in ihr Sinnen war ein Schrei gedrungen. Wie verhaltener Jubel hatte er geklungen: „Steffa —Josi!"

Als Frau Heidemann sich freudig erschreckt aufrichtete, sah sie, wie eine ältere Frau mit ausgebreiteten Armen auf eine jüngere zueilte, die sich mit einem Kind auf dem Arm dem Hause näherte. Tatsächlich, es waren Steffa und Jos, die beiden Menschen, mit denen ihre Gedanken sich seit Tagen ununterbrochen beschäftigten. Und wie stolz und ansehnlich sah das Mädchen in seiner schweren Tracht aus! Man hätte in ihr eine wohlhabende Bauerntochter vermuten können. Frau Heidemanns Herz klopfte so heftig, daß sie sich zurück in die Kissen lehnen mußte.

„Mutterle!" tönte gleich darauf Josis Stimme an ihr Ohr. „Mutterle!" Tränen drängten sich in Großmutter Heidemanns Augen. Sie zwang sich jedoch gewaltsam zur Ruhe. Gleich darauf sah sie Steffa mit dem Gebetbuch in der Hand zur Kirche gehen, in aufrechter Haltung und fast stolz zu nennendem Gang. Oder war es die Tracht, die ihrer im Sennenröckchen fast kindlich wirkenden Gestalt solche Würde verlieh? —

Erst jetzt kam es Frau Heidemann zum Bewußtsein, daß Steffa und ihr Kind katholisch waren. Würden sie, sollte wirklich eine Annäherung zustandekommen, sich innerlich finden können?

Die Frau, die mit dem Kinde zurückgeblieben war — es mußte Steffas Mutter sein —, trug den Kleinen vor dem Hause hin und her, zeigte ihm die Blumen im Vorgarten, wies auf einen Schmetterling hin und hatte plötzlich eine zarte, innig klingende Stimme. Jetzt glaubte Frau Heidemann sich auch ihrer erinnern zu können. Das war doch die Frau, die in der Küche den Ton angab, und zwar in der Regel recht bestimmt und zielbewußt. Josis andere Großmutter!

Ich muß mit ihr reden, muß sie kennenlernen, dachte Frau Heidemann plötzlich. Vielleicht ergibt sich alles andere dann ganz von selbst. Sie erhob sich von ihrem Liegestuhl. Die Erregung ließ sie ihre körperliche Schwäche vollständig vergessen. Dann stellte sie sich so an die Brüstung der Veranda, daß Frau Matt sie sehen mußte.

Diese grüßte und fragte sogleich nach dem Befinden der gnädigen Frau. Von den Zimmermädchen habe sie von der Erkrankung gehört. Frau Heidemann dankte. Es gehe ihr besser. Das Herz habe wieder Vernunft angenommen. Dann wies sie auf das Kind hin. Was sie da für einen allerliebsten kleinen Jungen habe?

In großmütterlichem Stolz trat Frau Matt näher an

die Veranda heran. „Er gehört meiner Tochter. Nicht wahr, es ist ein herziges Kind?"

Ob sie nicht ein wenig zu ihr heraufkommen möge, fragte Frau Heidemann. Sie sei jetzt die ganze Woche zur Einsamkeit verurteilt gewesen und würde sich über einen Besuch recht freuen.

Gerne, wenn es die Dame nicht störe.

Und dann saßen die beiden Großmütter sich auf der sonnigen Veranda gegenüber. Frau Heidemann in vornehmer Einfachheit, das edle Gesicht umrahmt von weißem Haar; Frau Matt aufrecht und streng im Kleid der Walsertäler, eine würdige Vertreterin alten Geschlechtes im Tale. Gleich einem huschenden Sonnenstrählchen bewegte sich Steffas Kind zwischen den Frauen, die beide mit gleicher Wonne auf seine zierlichen Bewegungen achteten.

„Sie sind gewiß sehr glücklich über Ihr Enkelkind", begann Frau Heidemann und steuerte mit dieser Frage bewußt auf ihr Ziel los.

„A ja!" erwiderte Frau Matt und seufzte. „Dem Jos muß man ja gut sein, ob man will oder nicht. Wer könnte seinen Äuglein widerstehen! Ich hab' ihn arg gern, das muß ich schon sagen, nur darf ich's der Steffa, meiner Tochter, nicht zeigen."

„Aber warum nicht?" entfuhr es erschrocken der Dame. Frau Matt schwieg eine Weile. Dann fuhr sie fort: „Ich spreche nicht gerne darüber und hab' es noch nie einem Fremden gegenüber getan, aber Sie sind eine mütterliche Frau, das habe ich gleich auf den ersten Blick gesehen, und gewiß haben Sie selbst auch eigene Kinder. Da können Sie mitfühlen, wie es einem zumute ist, wenn man solch Schande an der einzigen Tochter erleben muß. Meine Steffa hatte nämlich das Kind ledig. Sie, die sonst im ganzen Ort und darüber hinaus als das zurückhaltendste und bescheidenste Mädchen bekannt war, hat sich mit einem Fremden, mit einem dieser leichtsinnigen Sommergäste, eingelassen. Ich kenne ihn nicht und möchte ihm auch nicht raten, je meinen Weg zu kreuzen, dem Schuft, der meinem Kinde die Ehre geraubt und es in seiner Schande verlassen hat. Er hat sich bisher nicht um sie gekümmert und wird es auch fernerhin nicht tun. Was liegt ihm schon an einer Sennerin auf der Alp? Verflucht sei er, der meiner Steffa das Leben zerstört hat. Es ist ja wahr, sie lebt ganz für das Kind, den ehrenvollen Antrag eines jungen Bauern hat sie abgewiesen. Sie wolle nicht aus Gnade und Barmherzigkeit irgendwo mit ihrem Kinde Unterschlupf finden, sagt sie. Und wenn ich sehe, wie sie ihre Pflicht erfüllt, so treu und gewissenhaft wie kaum eine, wie sie auf ihrer Alp mehr leistet, als von ihr verlangt wird, und wie liebevoll und sorgsam sie den kleinen Jos pflegt, — Sie sehen es dem Kinde ja an —, dann fällt es mir schwer, daran zu glauben, daß sie schlecht und leichtsinnig ist. — Aber sie hätte mir, ihrer Mutter, das niemals antun dürfen, und darum kann ich es ihr auch nicht zeigen, wie gut ich eigentlich dem Büberl da bin. — Sehen Sie, wir haben viel Unglück in unserer Familie gehabt, schon meine Vorfahren hatten stets hart ums Dasein zu kämpfen, immer aber war man trotz Armut und Entbehrung rechtschaffen und sauber in unserem Geschlecht. Ich wüßte von keinem in der Verwandtschaft, der sich so vergessen hätte. Und ausgerechnet meine Tochter, von der Lehrer und Pfarrer stets behaupteten, sie sei ein außergewöhnliches Kind, muß mir solchen Kummer bereiten und muß zum Gespött der Leute werden. ‚Seht', sagen sie jetzt, ‚da sieht man, daß die Steffa was Besseres ist. Die steht so erhaben über uns, daß sie nicht einmal angeben kann, wer der Vater ihres Kindes ist.' — Und wenn eine Mutter so etwas mit anhören muß, dann ist für sie auch ihre Ehre vernichtet. — Glauben Sie es mir, es drückt mir oft fast das Herz ab, daß ich meinem Mädel so hart begegnen muß, aber es muß sein, es muß sein! Wenn es wenigstens noch ein Hiesiger wäre, der sie dann heimgeführt und nicht sitzen gelassen hätte. Aber so ein hergelaufener Städter! Vielleicht gar so einer, der schon manches Mädchen ins Unglück gebracht hat. — Gott strafe ihn!"

Mitten in ihrem erregten Bericht hielt Frau Matt erschrocken inne, um gleich darauf angstvoll aufzuschreien: „Maria und Joseph! — Gnädige Frau, was ist Ihnen? — Soll ich Ihnen Wasser oder Tropfen bringen? — Gott im Himmel, wie konnte ich mich so vergessen!" —

Frau Heidemann, unfähig, auch nur ein Wort zu erwidern, lag totenblaß und schweratmend in ihren Kissen. Mühsam, mit matter Handbewegung wies sie hinüber zu dem Tischchen, auf dem ihre Arznei stand. Über sich selbst entsetzt, reichte Frau Matt ihr die Tropfen. — „Nein, nein, was habe ich nur angerichtet? Verzeihen Sie mir, gnädige Frau. Ich verstehe mich selbst nicht, wo es doch gar nicht meine Art ist, über persönliche Dinge zu sprechen. Ich weiß wirklich nicht, was mich heute angekommen ist. Wie konnte ich vergessen, daß so vieles Zuhören Sie überanstrengen muß! — Gott sei Dank —, die Farbe kehrt Ihnen wieder zurück in Lippen und Wangen — Gott Lob und Dank!"

„Es ist schon vorüber", sagte Frau Heidemann und versuchte zu lächeln, „nur eine kleine Herzschwäche."

Frau Matt erhob sich. „Nun will ich aber gewiß nicht länger stören. Die gnädige Frau braucht jetzt Ruhe. Komm, Büberl, wir gehen. Das Mutterl wird auch bald zurückkommen. Soll ich der Dame eines der Zimmermädchen schicken, damit sie nicht allein ist?"

„Nein, danke — es geht bestimmt schon besser."

Jos hatte schon vor einer ganzen Weile ein Bilderblatt entdeckt und sich damit stillvergnügt auf dem Boden niedergelassen. Da betrachtete er nun die verschiedenen Bilder. Auf einer Seite war eine friedlich weidende Kuhherde abgebildet. Die schien ihn zu begeistern. „Muh!" jauchzte er auf und streichelte die Tiere auf dem Papier mit seiner kleinen Hand, als seien es seine Freunde von der Staffelalp.

In diesem Augenblick wurde erregtes Rufen vernehmbar. „Fränzi! — Fränzi! — Wo ist denn die Frau Matt? Vorhin hat sie doch Steffas Kind noch vor dem Hause herumgetragen."

„Fränzi! — Fränzi!"

Frau Matt beugte sich über die Brüstung. „Da bin ich. Was ist?" Die Dreiheiligenwirtin stand unten mit hochrotem Gesicht und schien sehr aufgeregt zu sein. Sie atmete jedoch auf, als sie die Gesuchte sah.

„Komm nur schnell, Fränzi", drängte sie. „Die Fini hat sich gerade den Arm verbrüht und nun werden sie in der Küche nicht fertig. Und ausgerechnet heute, wo wir so viele Tischgäste erwarten. Ein Glück, daß ich dich nicht aus der Kirche holen mußte."

„Ich komme schon!" rief Frau Matt, und fügte leise hinzu: „Wenn man aber auch nur ein einziges Mal ein Stündchen für sich beansprucht. — Aber was mach' ich mit dem Kind? — Du lieber Gott, wo soll ich jetzt schnell mit dem Büberl hin? — In der Küche kann ich es nicht brauchen." Ungeduldig blickte sie zur Kirche hinüber. „Ist's denn da drüben noch nicht aus? Der Missionar findet anscheinend wieder einmal kein Ende."

Ratlos blickte sie auf den kleinen Enkel. Da kam ihr Frau Heidemann zur Hilfe. „Lassen Sie ihn doch hier!"

„Ausgeschlossen, wo es der gnädigen Frau doch so übel ist."

„Doch, doch — ich würde es Ihnen nicht anbieten, wenn es mir nicht möglich wäre. Es geht mir besser, und der Kleine spielt ja so schön ruhig. Wenn Ihre Tochter von der Kirche zurückkommt, mache ich mich schon bemerkbar, daß sie ihn dann holt."

Frau Matt sagte sichtlich erleichtert: „Wenn die gnädige Frau meint, und es sie nicht so sehr anstrengt. Die Steffa muß ja jeden Augenblick kommen. Ich danke auch vielmals." Und dann eilte sie davon, um ihre Arbeit zu tun.

Frau Heidemann aber blieb mit dem Kind zurück und mit der furchtbaren Last, die die andere Großmutter, ohne dies zu wissen und zu wollen, auf ihr ohnehin bereits gemartertes Herz gelegt hatte.

Das Kind schien plötzlich die Mutter zu vermissen. Ängstlich blickte es umher und lief dann zur Türe. „Mutterle!" rief es kläglich. Es war gut, daß Frau Heidemann sich jetzt um den Kleinen kümmern mußte. So blieb ihr im Augenblick nicht Zeit, dem Gehörten nachzusinnen. Zwar war es ihr, als habe ihr jemand den Boden unter den Füßen weggezogen, wund und zerrissen war ihr Herz, wie in dunkelste Nacht gestoßen kam sie sich vor. Wer ihrem Sohn fluchte, fluchte auch ihr. — Aber nein, jetzt nicht weitergrübeln. Das Kind bedurfte ihrer, und bald würde dessen Mutter kommen. — Wie sollte sie dieser nach dem Vorausgegangenen begegnen?

„Mutterle!" Dicke Tränen purzelten über das Gesichtchen des kleinen Jos, und über dem kläglichen Weinen des Kindes vergaß Frau Heidemann zunächst den Auftritt von vorhin. Sie richtete sich auf: „Komm her, mein Kleiner, komm her zur Großmama. Das Mutterle bleibt gewiß nicht mehr lange aus. Komm her, mein kleiner Liebling!" Und wirklich, das Kind ließ sich beruhigen, streckte der Dame die Ärmchen entgegen und ließ sich zu ihr auf den Liegestuhl heben. Innig drückte Frau Heidemann das Kind an sich.

„So, nun warten wir beide auf das Mutterle." Josi schmiegte sich zutraulich in ihren Arm. Vielleicht war es seine Nähe, das spürbare Klopfen des kleinen Herzens, das Frau Heidemann plötzlich beruhigte. „O du, Kind meines Sohnes — Blut von meinem Blut! — Nicht umsonst haben wir uns finden müssen. Und nun muß es sich beweisen, wessen Macht stärker ist, die des Fluches, oder die der Liebe, die Brücken über Abgründe zu schlagen versucht. Frau Heidemann streichelte dem Kinde in ihrem Arm das Köpfchen mit dem seidenweichen Haar. War es nicht gerade wie damals, als Tobias noch an ihrem Herzen ruhte? Spürte sie nicht heute aufs neue den Quell heiliger Mütterlichkeit in sich aufbrechen? — Alles andere versank vor diesem mit Gewalt über sie hereinstürmenden Empfinden. — „Mein Kind, mein Kind — innig fühle ich mich mit dir verbunden, verbunden durch die Bande des Blutes. Der Fluch soll sich in Segen verwandeln, so wahr mir Gott helfe!"

Unter ihren Liebkosungen war das Kind eingeschlafen. Zärtlich beugte sie sich nieder, um den halbgeöffneten kleinen Mund zu küssen. Dann wagte sie sich kaum zu rühren, aus Furcht, das schlummernde Kind zu wecken.

Die Mutter des Kindes weilte währenddessen noch unter der Schar der Betenden in der Kirche. Gewiß betete auch sie. Und dann würde Steffa sicherlich in aller Bälde erscheinen. Sie würde kommen und das schlafende Kind in ihrem Arm finden — aber ihr Mund, der eben noch gebetet hatte, würde keinen Fluch aussprechen, und ihr Herz, das gewiß noch erfüllt war von dem gehörten Gotteswort, würde sicher bereit sein, zu vergeben. Tröstend drangen die Klänge der Glocken in Frau Heidemanns verwundete Seele, während die gleichmäßigen Atemzüge des Kindes beruhigend auf sie wirkten. Nein, was jetzt noch kam, glaubte sie nicht fürchten zu müssen. Wohl hatte der Fluch der in ihrer Ehre verletzten Frau sie schwer erschüttert, aber er hatte sie nicht zerschmettert; sie glaubte dennoch an den Sieg der Liebe. Mochte Steffa jetzt kommen; ihre Herzen würden sich finden.

Da nahte sie sich auch schon dem Hause. Frau Heidemann sah sie durch das hölzerne Schnitzwerk der Brüstung. Suchend blickte das Mädchen sich um.

„Steffa!" rief Frau Heidemann. „Jos ist hier — hier oben bei mir. Kommen Sie doch bitte herauf." Gewahrte sie wohl das Leuchten, das über des Mädchens Gesicht huschte, als es die Stimme der Fremden vernahm, welcher ihr Herz vom ersten Augenblick ihrer Begegnung an zuneigte?

„Ich komme!" Mit beiden Händen raffte Steffa ihren langen Rüschenrock und eilte, erfüllt von jubelnder

Erwartung, die sie nur mühsam unterdrücken konnte, in den ersten Stock hinauf. Ihr Herz klopfte. Jetzt würde ihr Gewißheit werden.

„Bitte, kommen Sie nur herein!" rief Frau Heidemann, als Steffa an die Zimmertüre klopfte. Dann winkte sie ihr mit der Hand, auf die Veranda zu kommen. Wohlwollend blickte Frau Heidemann ihr vom Liegestuhl aus entgegen. Steffa durchschritt das Zimmer. Plötzlich aber stockte ihr Fuß. Wie nach einem Halt suchend griff sie erbleichend in's Leere. Dann sank sie, einen Schrei ausstoßend, in die Knie.

„Tobias!" schluchzte sie. „Tobias!" und drückte sein Bild, das im silbernen Rahmen auf dem Tisch gestanden hatte, an ihr Herz. Nichts anderes schien in diesem Augenblick für sie vorhanden zu sein. Wie ein eingerissener Damm die Wasserfluten nicht länger zurückhalten kann, so quoll und drängte es aus ihr hervor. War es Freude, war es Weh? — „Tobias! Tobias!"

Hatte sie Stunden oder nur Minuten in schmerzlicher Versunkenheit zugebracht? Sie hätte es später nicht sagen können. Plötzlich fühlte sie sich von zwei Armen umschlungen. Als sie aufblickte, sah sie in ein tränenüberströmtes Gesicht.

„Gnädige Frau!" stammelte Steffa.

„Nenne mich Mutter!" erwiderte Frau Heidemann in tiefer Ergriffenheit und bettete das Haupt des Mädchens an ihre Brust. Alles Erwägen und Vergleichen hörte in diesem Augenblick auf. Jetzt ging es nicht um die Frage: „Was wird daraus?" — ein Mutterherz erkannte die Notwendigkeit, sich weit aufzutun und seine Liebe über ein bis ins Lebensmark getroffenes Menschenkind ausströmen zu lassen. Was galt hier die Meinung anderer? Was gab es lange zu überlegen und zu erwägen? Hier war nichts so nötig wie erbarmende Liebe. —

Jos schlief sorglos, während die beiden Frauen im kühlen Zimmer beieinandersaßen. Noch immer hielt Steffa das Bild Tobias' in der Hand. Auf ihrem Gesicht kündete flackernde Röte die starke Erregung. In ihren Augen aber las Frau Heidemann die unausgesprochene Frage: Wo ist Tobias? Wie geht es ihm?

Sie wußte, Steffa liebte ihren Sohn noch immer. Das Schwerste stand ihr noch bevor. Ein Stoßseufzer stieg aus ihrem Herzen empor: „Hilf mir, Gott, die rechten Worte zu finden!"

Als Steffa gegen Abend mit ihrem Kind den Heuberg hinaufstieg, stand Frau Heidemann auf der Veranda und blickte beiden nach, solange sie nur noch ein Zipfelchen der rotblumigen Schürze des Mädchens sehen konnte. Steffa ging langsam, nicht nur um des Kindes willen, das nur kleine Schritte machen konnte, sondern weil das Erlebnis des Tages so gewaltig war, daß es sie körperlich und seelisch beinahe lähmte. Sie wandte sich im Gehen etliche Male um und winkte Frau Heidemann lächelnd zu, aber es war ein wehes und beschwertes Lächeln. In wenigen Stunden schien sie um Jahre gealtert zu sein. Frau Heidemann aber wußte, daß sie vorerst noch nicht abreisen konnte. Unmöglich durfte sie Steffa in ihrer neuen Not allein lassen.

Wieder hatte ein Landregen eingesetzt. Die Mittelberger blickten sorgenvoll zum Himmel und bangten um ihren Fremdenverkehr! Düster und schwer hing das Gewölk über dem Tal und streifte mit seinen Nebelschleiern nicht nur die Spitzen der Berge, sondern senkte sich immer tiefer in langen, feuchten Schwaden ins Tal, bis nichts mehr vom Dorf zu sehen war. Steffa war auf ihrer Alp von allem Leben abgesondert. Sie kam nur dann mit Menschen zusammen, wenn sie die schwere Milchbütte zur nächsten Sennhütte hinuntertrug. Sonst war sie allein mit ihrem Kind, den Tieren und ihren schweren Gedanken, die nicht mehr zur Ruhe kommen wollten. Verwundert blickte Jos sein Mutterle an. Warum lachte, tollte und sang es nicht mehr mit ihm? — Traurig und ernst blickten Steffas Augen, und nur mühsam zwang sie sich, mit ihrem Kind fröhlich zu sein. Zu niemand konnte sie von dem sprechen, was sich in ihrem Inneren angehäuft hatte. So nahm sie wieder Zuflucht zu ihrem schwarzen Büchlein.

*

Es regnet schon seit Tagen. Grau ist der Himmel, grau sind die Berge, soweit sie überhaupt sichtbar sind — grau und dunkel scheint mir das ganze Leben. — Erst war es mir, als werde ich auf sonnige Höhen geführt, von denen ich einen herrlichen Weitblick genießen dürfe —, das war, als eines Tages die gütige Dame zu mir kam, die Fremde, die mir schon zu Anfang nicht fremd, sondern innig vertraut war. Mein Herz sagte mir sofort, daß es Tobias' Mutter sein müsse. Dieselben Augen, dieselbe Stimme, die gleichen schönen Hände! — Und mit diesem Augenblick brach alles wieder in mir auf, was ich glaubte längst verwunden zu haben. — Ich konnte nicht länger ohne Nachricht von Tobias sein — alles in mir schrie und sehnte sich nach ihm. Vor allem meinte ich, ihm Nachricht von seinem Büberl, von unserem Jos, geben zu müssen. Ganz elend war ich und fand keine Ruhe mehr. Ich sah in der Frau meinen Tobias, und weil sie nach ihrem ersten Besuch auf der Staffelalp nicht mehr zu mir kam, hielt ich's nicht länger aus und stieg mit Jos hinab. Wie ich's anfangen sollte, mit ihr zusammenzukommen, wußte ich nicht, auch nicht, was ich sagen sollte. — Und dann kam alles ganz anders — ganz von selbst.

Als ich Tobias' Bild in ihrem Zimmer entdeckte, brach alles erneut in mir auf, so daß ich heftig weinen mußte. — Wie gütig und liebevoll war da Frau Heidemann zu mir. — „Mutter" darf ich sie nennen. Das waren trotz Schmerz und bitterem Weh die Augenblicke, wo ich mich wie auf sonniger Höhe fühlte. Tief und furchtbar aber war der Absturz. Wohl sprach Frau Heidemann zu mir in mütterlicher Weise, aber das Schreckliche konnte sie mir doch nicht ersparen. — Tobias ist schon seit Jahren verheiratet. Meine Hände zittern, so daß ich fast nicht schreiben kann — viel mehr noch zittert mein Herz. — Wohl habe ich es längst geahnt oder befürchtet — das Wissen aber um das Schreckliche ist schier unerträglich. Warum nur hat er mir nichts davon gesagt? — Unglücklich, sehr unglücklich sei er verheiratet. — Tatsache, daß wir beide uns schwer versündigt haben — und daß ich — nun muß ich das fürchterliche Wort schreiben, das mich seit jenem Tage nicht mehr losläßt und wie eine brennende Anklage in mir lodert —, daß ich eine Ehebrecherin bin. — O Gott, wenn das meine Mutter wüßte! — Und meine Liebe zu ihm ist schuld. Krampfhaft mühe ich mich Tag und Nacht, Herr darüber zu werden. Aber immer wieder sehe ich seine Augen, die so voller Heimweh waren, vor mir. — Und

Josi, unser Kind, ist demnach ein Kind der Sünde. — Heilige Mutter Gottes ..."

Hier war die Schrift von Tränen verwischt. Bitteres Weh mußte Steffa übermannt haben.

Die nächste Eintragung trug das Datum des darauffolgenden Sonntags.

✿

Noch immer pfeift der Regenvogel. Die Nebelwolken weichen nicht und verwehren den Blick ins Tal, aus dem kein Lebenszeichen in meine Bergeinsamkeit dringt, außer morgens und abends der Ton der Glocke. Es ist, als wenn Gott und Menschen mich verlassen hätten. Aber Frau Heidemanns Gedanken grüßen mich doch täglich. Ich weiß, sie verläßt Mittelberg vorerst nicht, um meinet- und des Kindes willen. Sie hat uns beide lieb. Wie ist das wohltuend und bei allem Schweren so tröstlich! Meine eigene Mutter hat uns auch lieb, eben auf ihre Art. Ob ich es ihr doch hätte sagen müssen? Ich bin mir so unklar darüber. Wäre es nicht das Richtige gewesen, vor sie hinzutreten und ihr zu bekennen: „Sieh, die gütige Dame, zu der auch du Zutrauen hast, ist Josis Großmutter. Ihr einziger Sohn ist sein Vater." — Wenn ich nur wüßte, wie sie es auffassen würde. Aber ihr Herz ist unversöhnlich durch all das Bittere, was sie durchgemacht hat. Und wenn sie es erst wüßte, daß Tobias verheiratet ist! — Hat ihr Ausbruch des Hasses Frau Heidemann nicht so sehr erschüttert, bevor diese sich ihr zu erkennen geben konnte? — Wie sehr muß ihr Fluch das Mutterherz getroffen haben. — Frau Heidemann meint, der Zeitpunkt, zu sprechen, sei noch nicht gekommen. Erst müsse sie innerlich Klarheit haben. Als ich sie fragend ansah, sagte sie: „Ja, Kind, das ist mir seit langem Lebensgrundsatz. Ich warte auf die Weisungen Gottes. Wenn man in sich selbst ganz stille wird, vernimmt man seine Stimme." — — Und nun ist mir's seltsam ergangen. Stundenlang lag ich des nachts schlaflos und wußte in meiner Angst nicht aus noch ein und dachte: Wenn ich doch auch Gottes Stimme hören würde. Und dann war es mir plötzlich, als vernähme ich die Worte des alten Missionars: „Gott sieht das Herz an." Und wie er von der Frau erzählte, die man um ihrer Schlechtigkeit willen steinigen wollte. Sie war doch auch — eine — Ehebrecherin. Der Herr Christus aber nahm sich ihrer an. Er hatte Erbarmen mit ihr und sagte: „Wer unter euch ohne Sünde ist, der werfe den ersten Stein." — Und dann kam mir's: wenn er mit dieser Frau Erbarmen hatte, dann hat er's gewiß auch mit mir. Dann besann ich mich auf das andere Wort, das der Zöllner gebetet hat: „Gott sei mir Sünder gnädig!" Ich versuchte meinen Rosenkranz zu beten. Aber jedes Wort schien mir inhaltslos gegenüber dieser Bitte: „Gott sei mir Sünder gnädig!" Immer wieder hab ich es vor mich hinsagen müssen. Und dabei wurde ich wirklich ruhiger. Wenn doch nur bald Tobias' Mutter zu mir käme. Ich würde sie fragen, ob das vielleicht auch eine Weisung Gottes war. Am anderen Morgen regnete es noch immer in Strömen. Die Sonne schien überhaupt nicht mehr da zu sein. Jos stand mit Marko in der offenen Hüttentür und schüttelte das Köpfchen. „Naß, naß!" sagte er. Er ist so drollig in seinem Bemühen, alles nachzusprechen. Trostlos und kein bißchen zuversichtlich begann der Tag; in mir aber ist es merklich stiller geworden, fast möchte ich sagen: feiertäglich. Ob es wirklich Gott war, der zu mir gesprochen hat in der Nacht? — Wenn ich es nur bestimmt wüßte!

*

Endlich regnet es nicht mehr. Alles atmet auf. Selbst die Blumen und Gräser heben wieder froh die Köpfchen und freuen sich der Sonnenstrahlen, die zwar noch ein wenig blaß scheinen, aber sicher mit jeder Stunde an Stärke und Kraft gewinnen. Josi springt unter den Tannen einher. Wie gut, daß das Wasser im Waldboden so rasch versickert. Glückselig umarmt der Kleine die Baumstämme, zerzaust übermütig Markos Fell, was der Gutmütige schwanzwedelnd hinnimmt, und winkt mit beiden Händchen zum Tal hinunter, als wisse er, daß da unten jemand stark an uns denkt. Mir ist's, als flattere an der Seitenwand des Dreiheiligengasthauses, da, wo Frau Heidemanns Veranda ist, ein weißes Tüchlein. Das hat sie sicher für uns angesteckt und es soll heißen: „Ich denke an euch, ich grüße euch!" — Mutter, liebe Mutter, die Sonne scheint wieder. Ob du bald kommst? Ich möchte dich so gerne etwas fragen. Ob du ein Buch hast, in dem die Geschichte von der Ehebrecherin steht? Die muß ich lesen. Wie wunderbar, daß ich mit dir über all das sprechen kann, was mich tief in meinem Innern bewegt. — Mutter, liebe, gute Tobiasmutter!

*

In Steffas Leben war ein Licht verloschen. In der Verborgenheit ihres Herzens hatte es geleuchtet, still und von ihr selbst kaum erkannt. Aber es war dagewesen und hatte all ihrem Tun einen warmen Schein verliehen. Wohl hatte Tobias ihr in dem Sommer seines Gebirgsaufenthaltes mit keinem Wort versprochen, zurückzukehren, oder die Verbindung mit ihr irgendwie aufrecht zu erhalten, aber sie war jung und liebte ihn. Kein Wunder, daß sie wartete. Sie hätte es keinem anderen, ja kaum sich selbst eingestanden, aber es war ihr, als könne dieses Kapitel ihres Lebens, das mit Tobias begonnen hatte, unmöglich zu Ende sein. Nachdem das Kind geboren war, hatte sich dieses Gefühl nur noch mehr verstärkt. Oft meinte sie, er müsse es ahnen, daß er einen Sohn habe. Sein Fernbleiben und Schweigen hatte sie sich wohl damit erklärt, daß er gebunden sein könne. Als sie jedoch durch seine Mutter Gewißheit erlangte und von Tobias' Ehe erfuhr, erkannte sie, daß sie solche Möglichkeit nur erwogen, in Wirklichkeit aber nie damit gerechnet hatte. Nun, da sie es wußte, brach all ihr Hoffen und Erwarten in nichts zusammen, obgleich sie ihn vor sich selbst zu rechtfertigen suchte, indem sie sich immer wieder sagte, daß er ihr in keiner Weise irgendwelche Versprechungen gemacht hatte und der Gedanke an eine Eheschließung mit ihm ja an und für sich vollkommen unmöglich sei. Wie vernichtet stand sie vor den Trümmern ihres Hoffens. Hätte Frau Heidemann sich ihrer nicht angenommen und wahrhaft mütterlich an ihr gehandelt, sie hätte sich kaum aufraffen können und wahrscheinlich lebenslang unter dieser schweren Enttäuschung gelitten. So aber wich Tobias' Mutter nicht von ihrer Seite, bis sie ihr inneres Gleichgewicht wieder erlangt hatte. —

Sobald Frau Heidemann glaubte, es ihrem Herzen zumuten zu können, stieg sie auf die Staffelalp und verbrachte dort manche Stunde mit den beiden Menschen, die ihr liebgeworden waren. Dabei bildete sich ein inniges Verhältnis zwischen ihr und der jungen Mutter ihres Enkelkindes.

„Erzähle mir aus der Zeit, da Tobias noch ein Kind war", konnte Steffa bitten und dann regungslos dem lauschen, was Frau Heidemann über das Leben ihres Sohnes berichtete. Sie hörte von seinem Streben und Vorwärtskommen, von seinen Leistungen und Erfolgen, aber auch von dem bitteren Leid und den trüben Erfahrungen, die ihm die Freude am Leben zerstört hatten. Wie gebannt hingen Steffas Augen am Munde seiner Mutter, die ihr solch großes Vertrauen entgegenbrachte und ihr Einblick in die Höhen und Tiefen ihres Lebens gewährte. Daß sie ihren Sohn unbeschreiblich liebte und doch um ihn litt, war ihren Worten anzumerken.

Nach einer solchen Aussprache saß Steffa eine Weile sinnend da. Dann sagte sie leise, so, als spräche sie zu sich selbst: „Er war so einsam, der Tobias — so unsagbar einsam — aber wie kann es dahin kommen, wenn man solch eine Mutter hat?" — Tiefbewegt ergriff Frau Heidemann Steffas Hand. „Gutes Kind", sagte sie, „sieh, es gibt Zeiten, die meisten Mütter müssen sie durchleben, wo es scheint, als entferne sich das Kind von ihrem Herzen. Wohl der Mutter, die dann warten kann, die nicht die Geduld verliert und mutlos wird. Wenn mir das schwer fallen will, dann schlage ich immer mein Büchlein auf und lese das Hohelied der Liebe, wo es heißt: ‚Die Liebe ist langmütig und freundlich, — sie stellet sich nicht ungebärdig, sie suchet nicht das Ihre, sie läßt sich nicht erbittern, sie rechnet das Böse nicht zu, — sie verträgt alles, — sie hofft alles, sie duldet alles, — die Liebe höret nimmer auf.' Sieh, Steffa, wer diese Liebe besitzt, der hat auch die Kraft, auf sein Kind zu warten, selbst wenn Jahre darüber hingehen. — Es ist nun nicht etwa so, daß Tobias sich äußerlich von mir entfernt hätte, im Gegenteil, er ist stets rührend besorgt um mich und nie anders als liebevoll, aber das, was ich als den Urquell aller Lebenskraft erkannt habe, das, was der Inhalt meines Daseins ist, — die Verbindung mit Gott, zu dem wir durch Christus ‚Unser Vater!' sagen dürfen, das lehnt er ab. Es bedeute ihm nichts, behauptet er; es fehle ihm die Fähigkeit, derartige Dinge zu fassen. Er wolle sich auf seinen logischen Menschenverstand verlassen. Alles andere sei ihm nicht sicher genug. Und sieh, Kind, gerade da liegt seine innere Armut und Einsamkeit. Wenn das Geschöpf sich vom Schöpfer abwendet, weil es dessen Gedanken und Pläne nicht mit seinem Verstand ergründen und durchdringen kann, dann lehnt es die Quelle ab, aus der die wahren Lebenskräfte kommen, und muß infolgedessen verkümmern. Es ist eine Tatsache: das menschliche Herz bleibt unruhig, bis daß es Ruhe findet in Gott."

Über Steffas Gesicht liefen Tränen. Sie vermochte kein Wort zu erwidern. Da mußte Frau Heidemann unwillkürlich vergleichen. Hatte sie je Marietta, die Schwiegertochter, um ihren Sohn weinen sehen? — War ihr seine Not je zu Herzen gegangen? — Da saß nun dieses schlichte Bergkind und litt um den Mann, an den andere an ihrer Stelle nur in tiefem Groll gedacht oder dem sie gar geflucht hätten. Plötzlich richtete das Mädchen seine tränennassen Augen auf Frau Heidemann.

„Mutter, ist es eigentlich ein Unrecht, daß ich Tobias noch immer liebe? Verstehe mich recht, ich weiß, daß ich kein Anrecht mehr an ihn habe, denn er ist verheiratet, aber ist es anders möglich, als daß ich den Vater meines Kindes liebhabe? Sieh, ich habe dagegen angehen wollen, aber es ist unmöglich. Sage mir, ist es ein Unrecht?"

„Nein, gewiß nicht", erwiderte Frau Heidemann und schloß Steffa in ihre Arme. „Ich weiß, aus deinem Herzen kommen keine argen Gedanken."

Solche und ähnliche Stunden verlebten die beiden Frauen des öfteren, bis der Tag kam, an dem Frau Heidemann Mittelberg verließ. Sie war sich mit Steffa eins geworden, zu deren Mutter nicht über das Vorgefallene zu sprechen, bis sie Tobias, der in wenigen Tagen von seiner Reise nach München zurückkehren würde, von allem in Kenntnis gesetzt hatte. Ihm hatte sie bisher nichts anderes darüber mitgeteilt, als daß sie ihm Wichtiges zu sagen habe, was sich schriftlich nicht gut erledigen lasse. Steffa aber bat Frau Heidemann, ihm einen Brief zu bringen, den sie in der vorletzten Nacht vor deren Heimreise geschrieben hatte:

Tobias, lieber Freund! So darf ich Dich nennen, auch nachdem ich weiß, daß Du verheiratet bist und demnach nie mehr zu mir zurückkehren wirst. Es liegen schwere und auch wieder wunderbare Zeiten hinter mir. Deine Mutter, die ich auf seltsame Weise kennenlernte und die mir ihr liebevolles Herz geöffnet hat, wird Dir alles erzählen und Dir meine und Josis, Deines Bübleins, Grüße bringen. — Sorge Dich nicht um uns. Es geht uns gut. Wohl habe ich eine Zeitlang Schweres durchlebt, aber Deine Mutter hat mir wieder zurechtgeholfen, indem sie mich lehrte, Gott als meinen Vater zu betrachten, der über dem Geschick eines jeden Menschen wacht und dem ich auch die Sorge für die Zukunft unseres Kindes anbefehlen darf. In dieser Weise habe ich mich noch nie mit Gott beschäftigt. Er schien mir stets so fremd und unerreichbar, und der Weg zu ihm über die fürbittenden Heiligen so weit. — Nun aber ist es in mir stille geworden. Denke nicht, daß ich unglücklich bin, oder Deiner gar in Groll und Bitterkeit gedenke. Ich lebe für mein Kind, und das gibt meinem Leben beglückenden Inhalt. Deine Mutter hat mir ihr Büchlein zurückgelassen. Du kennst es. Sie hat Dir in Deiner Kindheit daraus vorgelesen. Seit Jahren schöpft sie aus ihm die Kraft für den Kampf ihres Lebens. Das hat sie mir erzählt. Nun will ich in meiner Bergeinsamkeit darin lesen. Vielleicht hilft es mir, meinem Jos auch eine gute Mutter zu werden. Das ist das Einzige, was ich noch vom Leben erwarte. In diesem Bestreben fühle ich mich mit Deiner Mutter verbunden, die ich von Herzen liebgewonnen habe. Tobias, ich weiß, daß Du kein froher Mensch bist, und ich leide darunter. Willst Du nicht zurückkehren zu dem Gott Deiner Mutter, an den Du geglaubt hast, als Du noch ein glückliches Kind warst? — Ich habe die innerliche Kraft deiner Mutter bewundert, ihre innere Größe und Seelenstärke. Wohl bin ich nur ein einfaches Mädchen und besitze gewiß nicht viel Erfahrung, — und doch ist es mir, als könne Deine Mutter Dir helfen, wieder froh zu werden. — Ich will nicht aufhören, Gott zu bitten, daß er dem Vater meines Kindes den Frieden seiner Seele wieder schenke. Nimm diese Zeilen als einen Gruß aus den Bergen, in denen Du für eine Zeitlang den Kummer Deines Lebens vergessen konntest, und als eine Erinnerung an Steffa

*

Zum letzten Male stieg Frau Heidemann zur Staffelalp hinauf. Das Herz wurde ihr schwer, wenn sie daran dachte, daß sie Steffa und den Kleinen nun bald nicht mehr sehen würde. Da entdeckte sie auch bereits Jos am Rande des Tannenplätzchens. Wie ein Männlein im Walde sah er in seinem rotweißkarierten Kittelchen aus, das zwischen dem dunklen Grün der Bäume fröhlich hervorleuchtete. Mit beiden Händchen winkte er ihr zu und rief: „Oma! Oma!" Das lange, schwere Wort „Großmama" verschmähte er. Am Wäldchen mußte Frau Heidemann ein Weilchen rasten. Der Aufstieg strengte sie immer sehr an. Sie setzte sich zu dem Kind ins weiche Moos. Beide Ärmchen schlang Jos um ihren Hals. Die Großmutter war ja längst keine Fremde mehr. Über das geschnitzte Holztierchen, das sie ihm brachte, geriet er ganz außer sich vor Freude. Wie gerne hätte Frau Heidemann mehr für ihn getan. Sie hatte Steffa eine größere Geldsumme angeboten. Diese hatte sie jedoch abgelehnt. „Mutter, verstehe mich bitte nicht falsch — aber wir haben, was wir brauchen. Wenn du etwas für Jos' Zukunft tun willst, so lege es für ihn auf die Sparkasse. Aber ich persönlich möchte kein Geld von dir nehmen."

Frau Heidemann verstand und achtete diese Gesinnung des Mädchens. Als sie an diesem Tage etwas später mit dem Kind an der Hand hinüber zur Hütte schritt, stand Steffa im Stall und säuberte diesen. Sie winkte aus der offenen Tür und sagte: „Setze dich ein Weilchen auf die Hüttenbank, Mutter, ich bin bald fertig." Selbst bei der schmutzigsten und schwersten Arbeit wirkt sie anmutig, dachte Frau Heidemann und blickte Steffa wohlwollend entgegen, als diese etwas später, sauber gewaschen, in einem frischen Kleid, das Haar neu aufgesteckt, zu ihr trat.

„Liebe, liebe Mutter", sagte Steffa und ergriff deren ausgestreckte Hände, „ist es wirklich das letztemal, daß du kommst? — Wenn es dir recht ist, machen wir einen kleinen Spaziergang. Ich habe mich mit der Arbeit beeilt." — Ohne daß es geplant war, endete dieser an der Mütterbank. Sinnend saßen die beiden Frauen an dem stillen Plätzchen, während das Kind zu ihren Füßen spielte. Unwillkürlich fanden sich ihre Hände. Was jetzt ihre Seelen bewegte, läßt sich nicht in Worte kleiden. Vor ihnen breitete sich das Walsertal aus, umgeben von den wuchtigen Berggestalten. Durch seine ausgedehnten Matten schäumte die Breitach, deren Wasser heute im Schein der Sonne wie ein Silberschmuck glitzerte. Von den Hängen herab drang das Klingen der Kuhglocken wie das vielstimmige Lied dieser Berglandschaft zu den Rastenden.

„Wie schön ist es hier!" sagte endlich Frau Heidemann. „Ich werde Sehnsucht bekommen, aber nicht nur nach dem schönen Fleckchen Erde hier zwischen den Alpen, sondern vor allem nach euch beiden, nach dir und Jos. Jetzt weiß ich es genau, es war der rechte Weg, den ich einschlug, als ich mich aufmachte, dich zu suchen."

Steffa, die ebenfalls unter dem Gedanken an die Trennung litt, wußte darauf nur eines zu antworten: „Mutter!"

Am anderen Tag begleitete das Dreiheiligenwirts-

Ehepaar Frau Heidemann zur Abfahrtsstelle des Postautos, mit dem diese nach Oberstdorf fahren wollte. Einen Gast, der ihrem Hause so manche Woche die Ehre angetan und bestimmt versprochen hatte wiederzukommen, mußte man auch dementsprechend behandeln. Es gab da gewisse Teilstrecken der Begleitung, die die Wirtsleute beim Weggang ihrer Gäste beobachteten. Die Länge dieser Strecke richtete sich nach der Dauer des Aufenthalts. — Selbst Frau Matt, die sonst den Fremden grundsätzlich aus dem Wege ging, weil sie gegen alle ein Vorurteil hatte, war für einen Augenblick aus der Küche gekommen, um der gnädigen Frau eine gute Reise zu wünschen. Sie sei froh, daß es ihr gesundheitlich besser gehe. Seit jenem Sonntag, wo der Dame so elend geworden sei, habe sie nämlich immer so etwas Ähnliches wie Gewissensbisse gehabt. Wirklich, die gnädige Frau habe sich gut erholt. Frau Heidemann reichte ihr die Hand. Wenn eine von uns beiden Gewissensbisse haben müßte, wäre ich es, dachte sie. Es ging eigentlich gegen ihr Empfinden, daß sie vor dieser Frau vorläufig verschwieg, was sie doch einmal wissen mußte. — „Behüt' Sie Gott, Frau Matt", sagte sie, und ihre Stimme klang warm und innig. „Wir hören wieder voneinander." Diese aber hatte nicht Zeit, über den Sinn dieser Worte nachzudenken. In der Küche wurde sie bereits vermißt.

„Eine nette, eine wirklich vornehme Dame ist diese Frau Heidemann", sagte die Dreiheiligenwirtin zu ihrer Tochter, die sich auf dem Heimweg zu den Eltern gesellt hatte und diese ein Stück durchs Dorf begleitete. „Beinahe zehn Wochen war sie in unserem Hause und hat eines der teuersten Zimmer bewohnt. Und sie hat versprochen, bald wieder zu kommen, und ein anderes Haus als das unsrige käme nicht in Frage."

„Gut, daß ihr sie bis ans Auto begleitet habt", erwiderte die Tochter. „Solche Leute muß man sich warm halten."

„Selbstverständlich", stimmte der behäbige Dreiheiligenwirt ihr zu. „Unsereiner weiß, was sich gehört."

Als das Postauto in Hirschegg, dem nächsten Dorf nach Mittelberg, hielt, wurde plötzlich gegen das Fenster, an dem Frau Heidemann saß, geklopft. Erschrocken fuhr diese aus ihrem Sinnen auf und sah sich plötzlich Steffa und ihrem Bübchen gegenüber, von denen sie sich wohl gestern endgültig verabschiedet, sie mit ihren Gedanken seither aber noch kaum einen Augenblick verlassen hatte. Eilig ließ sie das Fenster herunter.

„Steffa — Jos — ihr seid hier?"

„Ich mußte dich noch einmal sehen, Mutter", flüsterte das Mädchen, und ihre Augen füllten sich mit Tränen, „und dir Dank, innigen Dank für alles sagen." Dann wandte sie sich dem Kleinen zu. „Komm, Jos, gib der Oma, was wir ihr als Abschiedsgruß mitgebracht haben." Sie hob das Kind empor. Mit herzigem Lächeln reichte dieses der Großmutter ein Körbchen mit Alpenrosen.

„Es sind die letzten, die ich fand", sagte Steffa. „Heute morgen bei Sonnenaufgang habe ich sie hoch oben auf der Spitze des Heubergs für dich gepflückt. In diesem Jahr gibt es keine mehr. Ihre Zeit ist um."

Gleich darauf befand sich das Auto auf der kurvenreichen Straße, die vorbei an schroffen Felswänden, über Brücken, unter denen tiefe Schluchten gähnten, in die tosende Wasserfälle talwärts stürzten, führte. Sicher steuerte der Fahrer den Wagen. Die Reisenden vertieften sich noch einmal in das gewaltig schöne Landschaftsbild. Keiner achtete auf die Frau im weißen Haar, die auf das Körbchen in ihrem Schoß wie auf eine Kostbarkeit blickte und ihre Tränen auf die Alpenrosen fallen ließ.

*

Nur wenige Reisende verließen den Zug, der gegen Abend Oberstdorf erreichte. Die meisten Fremden kamen um die Mittagszeit an, wo es die besten Anschlußmöglichkeiten gab. — Nein, heute fahre kein Postauto mehr aufwärts, antwortete ein Gepäckträger auf Tobias Heidemanns Frage, der als erster den Zug verlassen hatte und durch die Bahnsperre geeilt war. Der nächste Omnibus fahre erst wieder am anderen Morgen um neun Uhr. Ärgerlich stellte Heidemann seinen Handkoffer ab.

„Aber ich muß unbedingt noch heute nach Mittelberg hinauf. Kann man denn nicht ein Personenauto bekommen?"

„Doch, das wäre schon möglich, aber natürlich kostet das auch bedeutend mehr, mindestens ..."

Mit einer ungeduldigen Handbewegung schnitt er dem Gepäckträger das Wort ab. „Besorgen Sie mir ein Auto, aber bitte rasch."

Der Mann lief davon. „Der hat's aber eilig!" rief er einem anderen zu. Wenige Minuten später fuhr Tobias Heidemann bergan. „So schnell wie möglich", hatte er dem Fahrer zugerufen, bevor er sich in die weichen Polster fallen ließ.

„So schnell halt, wie's bergauf geht", antwortete

dieser, und Heidemann ärgerte sich über sich selbst. Als ob er dem Manne Unmögliches zumuten könnte. Aber die Ungeduld verließ ihn nicht. Er fieberte geradezu seit dem Augenblick, da die Mutter ihm mitgeteilt hatte, daß auf der Staffelalp sein Kind lebe. Wie sich alles weitere gestalten, wie Marietta sich dazu stellen würde, er wußte es nicht, hatte sich damit auch noch gar nicht befassen können, aber daß er Steffa und das Kind aufsuchen mußte, das war ihm sofort klar gewesen. Und während der Zug ihn den Alpen entgegengetragen hatte, war die Vergangenheit wieder lebendig vor ihm geworden und zeichnete ihm manch liebliches Bild vor die Seele, und es kam ihm plötzlich zum Bewußtsein, daß er nichts von den mancherlei Erlebnissen jenes Sommers vergessen hatte. Wohl hatten der Alltag mit seinen vielfachen Anforderungen, die Rückkehr Mariettas, seine verschiedenen Reisen und so manches andere zeitweilig die Bilder jener Sommertage verwischt und verdunkelt. Jetzt aber erstand alles wieder in greifbarer Deutlichkeit vor ihm. Er meinte die tosenden Wasser der Breitach rauschen zu hören: „Weißt du noch?"

Er sah die blumigen Matten vor sich mit den unzähligen Alpenblumen, die nickenden Köpfchen der Krokusse und Bergmännle, der gelben und blauen Veilchen, der braunen Brändle mit ihrem starken Duft und die kleinen und großen Enziane. Sie alle schienen plötzlich sprechende Gesichter zu haben — sie nickten ihm zu und fragten: „Weißt du noch? — Weißt du noch?"

Er sah die wuchtigen Steinhalden, die aussahen, als hätte der Berg sie ins Tal gespien — er stand im Geist vor den Schneefeldern, die in Eisesstarre verharrten, trotz der sengenden Sonnenglut, — er hörte die Tannen im Winde rauschen, vernahm das Donnern der Lawinen, das Nahen des Föhnwindes, sah die Nebelschwaden durch das Tal ziehen und das Erröten der Berggipfel im Alpenglühen, hörte das vielstimmige Klingen und Läuten der Kuhglocken — alles sah er, während er mit geschlossenen Augen in dem Wagen lehnte, der sich mühsam den Berg hinaufarbeitete. Neben ihm schien sich die Zauberin Erinnerung niedergelassen zu haben, die ihm all diese Bilder farbenfroh und wirklichkeitsnah ins Gedächtnis rief, so daß er die Umwelt vollkommen vergaß und sich diesem geheimnisvollen Schauen gänzlich hingab. Sah er nicht eben Steffa, die Sennerin, vor sich, im schlichten blauen Kleid mit den blütenweißen Ärmeln, vernahm er nicht den Wohlklang ihrer Stimme? — Jetzt meinte er, sie in der Walsertracht auf dem Weg zur Kirche zu sehen, ernst und still, das feine Köpfchen gesenkt, in den Händen das Gebetbuch. Er sah sie bei der Arbeit im Heu, beim Melken der Kühe, er meinte, sie im nachdenklichen Sinnen auf der Bank vor ihrer Hütte zu sehen, und er erinnerte sich ihrer tränennassen Augen, als er Abschied nahm. — — Nein, er wußte, er war nicht fertig geworden mit dem Erleben jener Monate, wenngleich er manchmal gemeint hatte, alles hinter sich zu haben. — Nichts, nichts von alledem war ihm verlorengegangen. Das empfand er, als er sich jetzt selbst der geringsten Kleinigkeiten aus jenen Tagen erinnerte. Er wußte von allem. Nur eines hatte er nicht geahnt — und die Gewißheit um dieses eine war imstande, ihn vollkommen aus dem Geleise seines Alltagslebens zu werfen, ihn einerseits schwer zu belasten und andererseits doch wieder aufs höchste zu beglücken. Er hatte ein Kind, einen Sohn, und nun befand er sich auf dem Wege, ihm volle Rechte einzuräumen, — doppelt und dreifach wollte er an ihm und seiner Mutter gutmachen, was er bis dahin gefehlt und versäumt hatte. Zum ersten Male in seinem Leben empfand er es voller Dankbarkeit, daß er nicht unbemittelt war. Steffa, die so tapfer ihr Los getragen hatte, ohne seiner in Bitterkeit und Groll zu gedenken, sollte aufatmen können. Sie sollte erkennen, daß der Vater ihres Kindes kein charakterloser, unwürdiger Mensch ist. — So steigerte Tobias Heidemann sich in Gefühle hinein, die ihn von der rauhen Wirklichkeit immer mehr entfernten. Er war zu viel Künstler und Stimmungsmensch, um dem praktischen Leben mit seiner Härte nahe genug zu stehen. — Plötzlich tauchte auch Marietta vor ihm auf. — Marietta? — Er würde ihr natürlich die volle Wahrheit sagen. Vorhaltungen konnte sie ihm nicht machen, nein, sie am allerwenigsten. — Vielleicht würde sie sich nun doch scheiden lassen, — nein, nicht sie, sondern er würde jetzt die endgültige Trennung herbeiführen, — und sie mußte sich wohl oder übel damit einverstanden erklären — es lag ja genügend Beweismaterial gegen sie vor.

Wenn er sich allerdings Steffa, die kleine Sennerin, als seine Frau vorstellte, fühlte er eine plötzliche Schwere sein Gemüt belasten. Wie würde sie sich in seinem Lebenskreis zurechtfinden? Und wie würde sie aufgenommen werden von all den Menschen, mit denen sie zu verkehren hatte? Würde man ihr Verständnis entgegenbringen und ihr helfen, oder sie belächeln oder gar ablehnen? Doch jetzt, da er ein bestimmtes Ziel vor sich hatte, würde er seinen Weg schon erkennen und auf jeden Fall zu Steffa stehen.

Er hatte einen Sohn und ging, um seine Pflicht an diesem zu erfüllen, aber auch gleichzeitig, um seine Rechte in Anspruch zu nehmen. Alles andere würde sich finden.

Pflicht und Recht — über beidem steht eine höhere Gewalt, und auch Tobias Heidemann mußte erkennen, wie rasch menschliches Planen und Rechnen zunichte werden kann.

Eines bedauerte er sehr, nämlich daß es ihm nicht möglich gewesen war, noch im letzten Herbst hierher zu reisen. Ein wichtiger Auftrag hatte ihn damals gleich von Berlin aus ins Ausland gerufen, ohne daß er vorher nach München zurückkehren konnte. Wohl hatte seine Mutter ihm geschrieben, sie habe ihm etwas Wichtiges mitzuteilen, was sich nicht schriftlich erledigen lasse, er möge doch vor seiner Auslandsreise unbedingt zu ihr kommen. Er aber, nichts von dem ahnend, was sie bewegte, hatte sie damit vertröstet, er kehre ja in wenigen Wochen zurück. Aus den Wochen waren Monate geworden, Winter und Frühjahr waren verstrichen, und als er endlich zurückkam, war in der Heimat bereits die Zeit der Obstblüte vorbei. Sein sofortiger Besuch bei der Mutter brachte ihm Klarheit über Steffas Schicksal. Wie wohl tat es ihm, zu vernehmen, daß zwischen der Mutter und Steffa während der vergangenen Monate ein reger Briefwechsel stattgefunden hatte. Gute Mutter! — Ihr Urteil: „Steffa ist ein Prachtsmädchen", hatte ihn beglückt. — Und heute würde er sie beide sehen, — Steffa und das Kind — sein Kind!

Josi! — Er lächelte leicht. Hätte sie ihn gefragt, er hätte seinem Sohn wohl einen anderen Namen gegeben. Gleichzeitig errötete er schamvoll beim Gedanken daran, daß die Arme ja gar nichts von seinem Aufenthalt gewußt hatte; er hatte sie allein gelassen in ihrer Not, ohne ihr Halt und Stütze zu bieten, er, der soviel Leid über sie gebracht hatte. — Aber sie liebte das Kind und ging ganz in ihm auf. Hatte die Mutter nicht so gesagt?

Steffa, — Josi! — Wie eine liebliche Melodie dieser Berge klangen diese Laute in ihm und drängten alle Sorgen und Bedenken zurück. — Steffa! Josi! — Er würde bei ihnen sein, und alles würde gut werden. Mit einem Ruck hielt der Wagen. Heidemann öffnete unwillkürlich die Augen, um den Grund des Haltens zu erfahren. Da riß der Fahrer bereits den Wagenschlag auf.

„Mittelberg, mein Herr! Ich hoffe, es ging Ihnen schnell genug."

„Allerdings — ich hatte gar nicht gedacht, daß wir schon angelangt seien." Er entlohnte den Mann, nahm seinen kleinen Koffer und schritt über den Kirchplatz. Wie vertraut ihm hier jeder Winkel war! Vom Kirchturm schlug es neun Uhr. Heidemann erschrak. Wohl war es ein heller, linder Abend — aber konnte er es wagen, um diese Zeit noch zur Staffelalp hinaufzusteigen? Er mußte mit einer und einer halben Stunde Weges rechnen. Steffa war gewohnt, frühzeitig schlafen zu gehen. Sein unangemeldetes Kommen würde sie ohnehin erregen. So wollte er sie heute nicht mehr in ihrer Ruhe aufstören, sondern, so schwer ihn das Warten auch ankam, erst morgen in aller Frühe mit ihr reden. — Morgen! — Noch nie schien es ihm so schwer zu werden, sich in Geduld zu üben.

Er wählte ein Gasthaus, in dem er unbekannt war. Lange lag er schlaflos in seinem Zimmer. Er glaubte zu wissen, daß seine Mutter jetzt für ihn und sein Vorhaben bete und ganz gewiß auch für Steffa und den Kleinen auf dem Berge oben. Wenn er von der Macht des Gebetes auch nichts hielt, so mochte er jetzt die mütterliche Fürbitte doch nicht missen.

Gegen Morgen schlief er endlich ein. Sein letzter Gedanke war: Steffa — Josi.

*

Vor der Tür der Hütte lag der Hund Marko, hatte den Kopf auf die Vorderpfoten gelegt und blickte melancholisch hinunter ins Tal. Plötzlich richtete er sich auf, spitzte die Ohren und lauschte. Dann ließ er ein leises Knurren hören, dem ein wachsames Bellen folgte. Durch das Wäldchen nahte sich ein Fremder der Staffelalp.

Tobias Heidemann blickte auf. Ein Hund? — Der war damals noch nicht dagewesen. Ein schönes Tier!

„Komm her!" lockte er. Marko stutzte einen Augenblick, dann sprang er schwanzwedelnd auf den Fremden zu und ließ sich von ihm streicheln. „Guter Hund", sagte Heidemann und freute sich über dessen Zutraulichkeit. Dann aber schritt er aufrecht hinüber zu der kleinen Sennhütte. Alles war hier genau so, wie vor drei Jahren. Oder war es nicht doch anders? — Auf dem rohgezimmerten kleinen Tisch vor der Hüttenbank stand kein bunter Strauß, und auch das Kapellchen drüben war nicht bekränzt, obgleich die Matten schönsten Blumenschmuck zeigten. Aber er war ja schließlich nicht gekommen, um nach Blumen auszuschauen. Er hatte Wichtigeres zu tun.

Eben wollte er an die verschlossene Türe klopfen, als diese von innen geöffnet wurde. Eine ältere Frau in dunkler Walsertracht stand vor ihm. In der Hand trug sie einen Melkeimer. Als die den Fremden gewahrte, blickte sie ihm nicht gerade einladend entgegen. Sein Grußwort erwiderte sie kaum. Heidemann hatte sie sofort erkannt. Steffas Mutter. — Wie war sie in den drei Jahren gealtert! An sie hatte er in den beiden letzten Tagen überhaupt nicht gedacht. Jetzt erschrak er fast vor ihrem kalten, abweisenden Blick. Wie ganz anders hatte er sich den Empfang vorgestellt!

„Ich möchte gerne Steffa Matt sprechen", sagte er endlich und ärgerte sich über sein Erröten. Himmel nochmal, er war doch schließlich kein dummer Junge, der sich vor dieser Frau rechtfertigen mußte?

„Steffa Matt?" erwiderte die Frau, nachdem sie ihn eine Weile fast feindselig angestarrt hatte. „Steffa Matt? — Was wollt Ihr von ihr?"

„Ich muß Sie dringend sprechen in ganz persönlicher Angelegenheit."

„Sie ist nicht mehr hier. Sie ist . . ."

„Nicht mehr hier?" unterbrach sie Heidemann, in dem plötzlich eine unerklärliche Angst aufstieg. „Wo um alles in der Welt ist sie denn? Und wo ist das Kind?"

Die Frau erbleichte und der feindselige Ausdruck ihres Gesichtes verwandelte sich in Haß und kälteste Abwehr. „Was wißt Ihr von dem Kind?"

„Es — es ist — mein Kind — — Jos ist mein Sohn."

In diesem Augenblick vernahm man trippelnde Schritte und eine Kinderstimme. Die Frau aber trat in hastiger Bewegung in die Türöffnung und wehrte dem Fremden den Einblick, dann fuhr sie auf, und ihre Stimme hatte einen unheimlichen Klang:

„Ihr — Ihr also seid es, der sie auf dem Gewissen hat — und Ihr wagt es noch, hierher zu kommen? — Gottes Fluch treffe Euch, der Ihr der Mörder meines Kindes seid. — Fort — fort — aus meinen Augen — sonst vergesse ich mich. — Steffa Matt suchet Ihr? Geht — dort unten bei der Kirche könnt Ihr sie finden — auf dem Gottesacker hat sie endlich Ruhe gefunden von dem Leid, das Ihr über sie gebracht habt."

Heidemann glaubte einer Irren gegenüberzustehen. Den Kopf vorgestreckt, so daß die Augen aus den Höhlen hervortraten, die Finger wie Krallen gekrümmt, keuchend, mit sich überschlagender Stimme, so hatte dieses haßerfüllte Weib ihm die Worte entgegengeschleudert.

Heidemann stand vor ihr und war keines Wortes fähig. Gewiß war die Frau geisteskrank. Gleich würde Steffa hinter ihr hervortreten und alles erklären.

„Was starrt Ihr mich so an?" schrie die Frau erneut. „Was wollt Ihr noch von mir? Ist es nicht genug, daß Ihr mir das Letzte, was mir mein unglückseliges Leben gelassen hat, geraubt habt? Geht — geht — es ist die Wahrheit, bitterste, traurigste Wahrheit, meine Steffa ist tot!" Ein Schluchzen, das wie Röcheln klang, schüttelte die hagere Frauengestalt. Sie trat zurück, schlug die Hüttentüre zu und schob den schweren Riegel von innen vor.

Ein Grauen überkam Heidemann. Gleichzeitig aber versuchte er, sich zu wehren. Das konnte, das durfte nicht das Ende sein. Das Kind — sein Kind lebte, er mußte es sehen — er wollte es mitnehmen — es gehörte ihm. Er klopfte an die Türe — rief, schrie, forderte — er schlug mit den Fäusten gegen die rohe Holzwand, daß ihm die Finger wund wurden. — Vergeblich! — Es wurde nicht geöffnet. Einmal hörte er das leise Weinen des Kindes, das sich wohl fürchtete — vor ihm, seinem Vater, fürchtete, der mit wahrhaft väterlichen Absichten gekommen war. — War es nicht zum Irrsinnigwerden? Steffa tot? — Steffa!! — Steffa!! — Aber hatte sie nicht erst vor wenigen Wochen noch an die Mutter geschrieben? Gott im Himmel — vielleicht war es doch eine Täuschung, vielleicht war die Frau wirklich geistesgestört. — War es nicht möglich, daß Steffa im Dorf unten Besorgungen machte? — Aber hätte sie dann das Kind allein gelassen mit der unheimlichen Kranken?

Ein Winseln drang an Heidemanns Ohr. Zu seinen Füßen lag Marko, blickte ihn mit treuen Hundeaugen unverwandt an und stieß leise, klägliche Töne aus. Heidemann beugte sich zu ihm nieder. Die Zutraulichkeit des Tieres tat ihm in diesem Augenblick wohl.

„Guter Hund! Weißt du nichts von ihr?" — Plötzlich kam ihm ein Gedanke. Im Dorf unten würde er Gewißheit erlangen. — Marko begleitete ihn durchs Wäldchen mit hängendem Kopf. Dem Tier fehlte sichtlich etwas. Plötzlich blieb er stehen, schaute dem Fremden eine Weile nach und trottete dann traurig zurück. — Heidemann aber wankte mehr, als daß er ging, abwärts, dem Dorfe zu. Der Himmel, am Morgen noch klar und hell, hatte sich bezogen; es begann zu regnen. Er merkte es nicht.

Das Abendläuten war beendet. Der greise Pfarrer kehrte in seine Studierstube zurück, um an der angefangenen Sonntagspredigt, die er durch die Rosenkranzandacht unterbrechen mußte, weiterzuarbeiten. Einen Augenblick blieb er am Fenster stehen, zupfte einige welke Blätter von den Geranien, die seinen

Fensterstock zierten, und warf einen Blick auf den Friedhof, der die neben dem Pfarrhaus liegende Kirche umgab. Es regnete in Strömen. Die wenigen Teilnehmer an der Abendandacht beeilten sich heimzukommen. Auf dem Gottesacker aber gab es anscheinend einen Auflauf. Da hatte sich ein Trüpplein Dorffrauen versammelt, die die Köpfe zusammensteckten und es sehr wichtig zu haben schienen. Hinter einer Trauerweide standen ein paar halbwüchsige Burschen, die gleich den Weibern am äußersten Ende des Friedhofes, da, wo die neue Gräberreihe war, etwas entdeckt zu haben schienen, das ihre Aufmerksamkeit in Anspruch nahm. Einer von ihnen war auf einen verwitterten Grabstein gestiegen, streckte den Hals vor, so daß ihm der Regen in den Rockkragen troff, und schien den anderen Bericht zu erstatten. Der Pfarrer zog die Gardinen zur Seite. Was gab es denn dort Wichtiges zu sehen? In diesem Augenblick klopfte es. Huber, der Meßner, trat ein. Ehrerbietig blieb er an der Türe stehen und drehte seine Kappe in den Händen.

„Nun, Huber, was gibt's?" fragte der Pfarrer.

„Hochwürden, ich glaub', man muß sich nun doch einmal darum kümmern. Er steht schon wieder — oder ich sag' besser: noch immer da. Heute morgen und heute mittag war er schon da, und jetzt steht er gewiß wieder seit einer halben Stunde im Regen. Ich hab' mir gedacht, vielleicht geht er, wenn er das Läuten hört, oder wenn die Leute zur Kirche kommen —, aber der scheint keinen Menschen zu sehen. Ich hab's heute mittag schon dem Fräulein Agathe gesagt, aber sie meinte, man dürfe Hochwürden nicht stören, weil er an seiner Predigt arbeite, und der Mann werde schon wissen, warum er da stände. Ich könne ihm ja schließlich meinen Schirm bringen — aber —"

„Meine Schwester hat ganz recht", unterbrach der Pfarrer jetzt den Redestrom des Meßners. „Ich lasse mich nicht gern bei der Ausarbeitung meiner Predigten stören, höchstens in dringenden Ausnahmefällen, das wißt Ihr ja — und ein Ausnahmefall scheint mir hier nicht vorzuliegen. Wer ist überhaupt dieser Mann, von dem Ihr sprecht?"

„Das ist es eben, Hochwürden, kein Mensch kennt ihn. Es ist ein Fremder, und er sieht sehr vornehm aus. Es ist doch seltsam, daß er immer wieder zum Grab von Matts Steffa zurückkehrt. Ich wollte mir erlauben, Hochwürden darauf aufmerksam zu machen, es könnte doch sein — ich dachte —"

Der Pfarrer winkte ab. „Schon gut, Huber, geht jetzt vor allem hinunter auf den Gottesacker und schickt die Weiber und die Burschen heim. Eine Belästigung des Fremden wollen wir nicht dulden."

Der Meßner eilte mit wichtiger Miene davon. Gleich darauf war der Friedhof von den müßigen Gaffern leer. Dann stellte sich der Kirchendiener vor die eiserne Eingangspforte, als sei es seine heilige Pflicht, hier Wache zu halten. Fürsorglich spannte er den mächtigen Regenschirm auf und bedeckte sein Haupt. Er war nicht gewillt, sich naßregnen zu lassen wie der seltsame Fremde dort drüben. — Wer doch die Zusammenhänge enträtseln könnte! — Huber war gewiß nicht neugierig, beileibe nicht, aber hatte man nicht über diese verstorbene Steffa — Gott hab sie selig — im Dorf so allerlei gemunkelt? Und war das Gerede anläßlich ihres plötzlichen Todes und der seltsamen Grabrede des Pfarrers nicht wieder neu erstanden? — Keiner hatte es begreifen können, daß Hochwürden die Verstorbene hingestellt hatte, als sei sie ein tugendhaftes Mädchen und andere könnten in ihr ein Vorbild sehen —, wo doch jeder wußte, welch dunkler Punkt in ihrer Vergangenheit lag. Er wollte zwar den Herrn Pfarrer nicht kritisieren, nein, das stand ihm als Meßner nicht zu, aber verstanden hatte er das auch nicht. — Und nun, vier Tage nach der Beerdigung, taucht da ein Fremder auf und steht in tiefes Sinnen verloren an ihrer Ruhestätte. Kein Mensch konnte es ihm, dem Meßner, verargen, wenn er sich seine eigenen Gedanken darüber machte. Dieser hochgewachsene Mann da in dem grauen Anzug wußte mehr von Matts Steffa als irgendeiner am Ort. Das war dem Meßner ganz klar.

Aber jetzt — tatsächlich, der Pfarrer trat aus seinem Haus und kam durch das hintere Friedhofspförtlein. Also doch! Es schmeichelte dem alten Meßner nicht wenig, daß Hochwürden auf seinen Rat gehört hatten. Nein, neugierig war er kein bißchen — er wußte, was sich gehörte, deshalb drehte er jetzt dem Pfarrer den Rücken und blickte die Dorfstraße hinunter; es genügte ihm vollkommen, ein wenig von der Seite herüberzuschielen.

Tobias Heidemann schrak zusammen, als er angesprochen wurde.

„Herr, Ihr werdet Euch erkälten. Darf ich Euch nicht wenigstens meinen Schirm oder Lodenmantel anbieten?"

Heidemann blickte auf und sah in ein gütiges Gesicht, in ein Paar treue, mitfühlende Augen, die aussahen, als hätten sie schon tief in den Abgrund menschlichen Jammers geblickt. Nicht Neugierde, sondern warmherziges Interesse und der Wunsch, dem anderen zu helfen, sprachen aus ihnen.

„Danke!" wehrte der Maler gepreßt ab und wandte sich zum Gehen. „Ich möchte Sie nicht bemühen. Ich will jetzt auch ..."

Was er wollte, konnte der Pfarrer nicht verstehen, die letzten Worte des Fremden gingen unter in einem undeutlichen Gemurmel. Nachdem Heidemann sich einige Schritte vom Grabe entfernt hatte, blieb er stehen, als besänne er sich. Dann wandte er dem Geistlichen sein müdes Gesicht zu, deutete mit der Hand auf das Grab und fragte: „Haben Sie die Tote gekannt?"

Die Augen des alten Pfarrers ruhten einen Augenblick in denen des Fremden, so, als wolle er prüfen, ob dieser seines Vertrauens wert sei. Dann blieben sie auf dem frischen Hügel haften.

„Ob ich Steffa Matt gekannt habe?" wiederholte er fragend. „Ich habe sie getauft, habe sie unterrichtet und ihr die Heilige Kommunion gereicht. Sie war meine liebste und hoffnungsvollste Schülerin, und ich hätte ihr wohl einen glücklicheren Lebensweg gewünscht." Heidemanns Stöhnen ließ den Pfarrer aufblicken. Dann fuhr er fort: „Ich habe den Glauben an Steffa Matt auch nicht verloren, als alle anderen, selbst ihre Mutter, an ihr irre wurden. Und wer sie auf ihrem Krankenbett gesehen hat, der weiß, daß sie geläutert an die Pforte der Ewigkeit trat." Er schwieg. Heidemann aber trat näher zu ihm heran und bat mit bewegter Stimme: „Erzählen Sie mir mehr von ihr. — Ich bin — der Vater ihres Kindes."

Wenige Augenblicke später schloß sich die schwere, eichene Türe des Pfarrhauses hinter beiden. Wie schade, dachte der Meßner, daß meine Wohnung nicht im Pfarrhaus ist. Nun habe ich mir nasse Füße geholt und bin doch nicht schlauer geworden.

Bis lange nach Mitternacht saßen sie zusammen, der Mittelberger Pfarrer und der Künstler aus München. Agathe, des Pfarrers Schwester, die diesen Haushalt führte, hatte dem Fremden einen heißen Tee mit Rum gebracht und ihn auf die Ofenbank genötigt, daß seine Kleider trocknen sollten. Dann hatte sie die beiden Männer allein gelassen. Gegen Mitternacht war sie noch einmal mit einem Imbiß gekommen, hatte rasch den Tisch gedeckt und freundlich „Gute Nacht" gewünscht. „Das Gastzimmer ist bereit", sagte sie beim Hinausgehen und schloß die Türe geräuschlos hinter sich.

Das Essen war unberührt stehengeblieben. Die Aufforderung, im Gastzimmer zu übernachten, nahm Heidemann dankbar an. Er konnte nicht gut jetzt, wo es schon gegen Morgen ging, im Gasthaus Einlaß verlangen, ohne aufzufallen. Außerdem war es ihm, als sei es mit dem, was der Pfarrer ihm über Steffa gesagt hatte, noch nicht getan. So ließ er sich gegen zwei Uhr in das Gaststübchen führen. Aber Ruhe fand er nicht. Es war zuviel, was auf ihn einstürmte. Das schlichte Leben Steffas war durch den Bericht des Geistlichen an seinem inneren Auge vorbeigezogen, — gewiß, es war ein einfaches Leben, und doch barg es einen Reichtum von Schönheit und ungetrübter Freude in sich, bis zu dem Augenblick ... nein, — so hatte der Pfarrer nicht gesagt, mit keinem Wort hatte er ihr Verhältnis zu ihm, dem Fremden, gestreift, ganz sachlich hatte er aus Steffas Leben erzählt. Ihm Heidemann, selbst aber war es jetzt, als sei er wie ein ruchloser Einbrecher in ihr behütetes Dasein gedrungen und habe alles Liebliche und Harmonische mit roher Hand zerstört. — Wie sollte er sein Handeln rechtfertigen? — Vor wem überhaupt rechtfertigen? — Er glaubte ja nicht an Gott. Diejenige, die berechtigt gewesen wäre, ihn anzuklagen, lebte nicht mehr. — Gewiß, das Kind war da, aber liebe Zeit, er würde seiner Pflicht genügen und für den Jungen zahlen. — Nein, mit solch oberflächlichen Überlegungen brachte er die quälende Stimme seines Innern nicht zum Schweigen. Da hieß es einfach: Du bist schuldig. Du hast dich an der Jugend, an dem Leben dieses schlichten Bergkindes versündigt — hast den Brand in ihr Inneres geschleudert, und sie dann in ihrem Jammer allein gelassen. Daß du dich mit deinem eigenen Unglück entschuldigen willst, das dich unfähig machte, zu überlegen und die unglücklichen Folgen deiner Tat zu bedenken, rechtfertigt dich nicht. Daß Marietta dich betrog, hatte nichts mit Steffa zu tun. Du hast nicht allein sie zugrunde gerichtet, sondern mit ihr auch die einzige Lebenshoffnung ihrer unglücklichen Mutter zerstört.

War es ein unglücklicher Zufall, oder unvermeidliches Schicksal, daß er Steffas Weg kreuzte? Tobias Heidemann ballte die Fäuste, während er in dem kleinen Zimmer auf und ab ging. — Nein, es lag ihm fern, sich leichtfertig über das Geschehene hinwegzusetzen, wie es vielleicht mancher andere getan hätte, und wenn er es versucht hätte, er wäre dieses quälende Schuldbewußtsein nicht losgeworden. Oder waren es etwa die Folgen seiner religiösen Erziehung, die den Aufruhr in seinem Innern verursachten? Nun war er mit seinen Gedanken bei der Hüterin seiner Kindheit, bei seiner Mutter angelangt, und er begann ihr in seinem Innern Vorwürfe zu machen, daß sie seinem Tun nachspioniert hatte. Wäre sie nicht hierher gereist, hätte sie nicht Steffa Matt aufgesucht, so hätte er von allem nichts erfahren und wäre ... Mitten in seinem Gedankengang hielt er inne, stockte in seinem erregten Auf- und Abwandern und rief sich selbst ein entrüstetes „Pfui!" zu. Zu welcher Niedertracht wäre er fähig?! Selbst wenn seine Mutter von allem nichts gewußt hätte, so wäre sein Handeln doch nicht ungeschehen gemacht, — die Schuld blieb bestehen. Er hatte das Mädchen in seiner Not und Einsamkeit allein gelassen und sie dem Gespött und der Verachtung der Dorfbewohner preisgegeben. Was mußte sie innerlich gelitten haben! — Und nun, da er kam, um gutzumachen, hieß es für ihn: Zu spät! Ein noch frischer Grabhügel war alles, was zurückblieb, und eine halb irrsinnige Mutter. Das Kind, seinen Sohn, hatte er nicht einmal zu Gesicht bekommen! — Es war zum Verzweifeln. Nein, er kam nicht zur Ruhe, wie er auch alles in Gedanken drehte und wendete. Gewissensbisse? — Glaubte er überhaupt an ein Gewissen? Wie mit dem Gedanken an Gott, so war er auch mit diesem Begriff fertiggeworden — oder glaubte doch, es zu sein. Jeder anständige Mensch schämte sich schließlich einer unrechten Handlung. Aber nein — es war mehr als dieses.

„Ich bin gekommen, um gutzumachen." Mit diesen Worten hatte Heidemann dem Pfarrer sein Vorhaben erklärt, und dieser hatte keine Beichte erwartet. Auch war es ihm gleich von Anfang an klar geworden, daß man diesen Mann nicht mit religiösen Gründen beeinflussen könne — ein Stärkerer mußte ihn überzeugen.

Die Sonne war bereits aufgegangen; der neue Tag grüßte die Wachenden mit wohl noch bleichen Sonnenstrahlen, jedoch ohne den grauen Umhang der gestrigen Regenwolken. Da klopfte es an der Türe des Gastzimmers.

„Ich bin es", sagte der Pfarrer von draußen. Heidemann öffnete.

„Ich höre, daß Sie keine Ruhe finden", fuhr der Geistliche fort. „Hier habe ich etwas, was mir die Mutter Steffas übergab. Im Grunde genommen gehört es Ihnen. Lesen Sie es. Es wird Ihnen helfen. Ich aber will heute früh noch hinaufsteigen zu Franziska Matt, um mit ihr zu sprechen. Vielleicht erlaubt sie Ihnen, das Kind zu sehen.

Nun lag das schwarze Büchlein in Heidemanns Händen. Einen kurzen Augenblick zögerte er, es zu öffnen. War die Handschrift eines Menschen nicht ein Zeugnis seines Charakters? Würde er hier nicht auf kindliche Gedanken und Aufzeichnungen stoßen, die Steffa vielleicht an langen, einsamen Winterabenden niedergeschrieben hatte, auf schwärmerische Gedanken eines unreifen Mädchens? Vor Jahren, als er selbst noch ein blutjunger Mensch war, hatte ihm einmal ein Freund aus dem Tagebuch einer siebzehnjährigen Schwester, das er dieser entwendet hatte, vorgelesen. Kleinliches, lächerliches Zeug war es gewesen. Aber Heidemann öffnete dann doch das Büchlein. Fast ärgerte er sich über sich selbst, daß er zu solch einem Vergleich kam. Hatte er nicht Steffa trotz ihrer Jugend als einen wertvollen, gereiften Menschen kennengelernt? Oder war es die Scheu, aus diesen Aufzeichnungen könnten ihn Vorwürfe treffen, daß er zögerte, darin zu lesen? —

Tobias staunte über die klaren, ruhigen Schriftzüge.

„Lieber Tobias", las er. Also ein Vermächtnis Steffas für ihn. Und nun las er fast gierig, als sei dies seine letzte Gelegenheit, Fühlung mit ihr zu nehmen. Nein, das waren nicht die törichten Gedanken eines schwär merischen jungen Mädchens, das war die Sprache eines wehen und doch so liebevollen Frauenherzens, eines Menschen, dem in der Frühe des Lebens Erkenntnis und Reife geschenkt worden waren. Aus jeder Zeile sprach innige Mütterlichkeit. Tief ergriffen las Heidemann die Worte der Anklage, die die Verstorbene jedoch nicht allein gegen ihn, sondern ebenso gegen sich selbst gerichtet hatte.

„. . . In all den bangen Wochen, die hinter mir liegen, ist es mir klar geworden, welch großes Unrecht es ist, ein Kind ins Leben zu stellen, ohne daß man ihm Heimat und Familie bieten kann. . . ."

Da stand sie wieder riesengroß vor ihm, die Schuld, und das Furchtbare war, er hatte die Mutter seines Kindes in all dieser Not allein gelassen. Tief beugte er das Haupt über die dicht beschriebenen Blätter und seine Hand, die die Seiten wendete, zitterte. Und wie rührend war ihr Bemühen, ihn an dem wonnigen Erleben mit dem Kinde teilnehmen zu lassen. — Jos lacht, — Jos läuft, — Jos spricht die ersten Worte! — Und dann ihre Haltung bei der Werbung des Antonio Appler. Nein, sie will nicht, daß Jos nur ein geduldetes Kind sei. Lieber verzichtet sie auf eigene Versorgung und nimmt es auch weiter auf sich, als Entehrte zu gelten. — „O Steffa!" stöhnte Heidemann und barg das Gesicht in den Händen. — Aber er muß weiterlesen. Ist es nicht, als ob Steffa noch einmal, ein letztes Mal zu ihm spräche? — Nein, nein, nicht ein letztes Mal, durch das Kind wird sie immer wieder zu ihm reden. Er wird die Wahnsinnige da oben zwingen, ihm Jos zu geben. — Zwingen? — Nachdem du dich bisher um nichts gekümmert, nachdem du dieser Frau den Todesstoß versetzt hast, indem du ihr die Tochter raubtest?

Furchtbares durchlebte Tobias im Gastzimmer des Pfarrhauses. Mit brennenden Augen las er vom Zusammentreffen Steffas mit ihrer Mutter. Daß sie den Weg zueinander gefunden hatten, daß sich für Steffa in ihrer Not ein wahrhaftes Mutterherz geöffnet hatte, das schien ihm der einzige Lichtblick in dieser trostlosen Nacht.

Bald nach Frau Heidemanns Abreise mußte Steffa erkrankt sein. Er las: „Gestern ist Tobias' Mutter abgereist. Mir ist das Herz so schwer, als hätte ich einen herben Verlust zu beklagen. Wohl hatten wir uns am vorhergehenden Tage bereits verabschiedet, aber es war mir, als müßte ich sie noch einmal sehen. So bin ich mit Jos hinunter nach Hirschegg gelaufen. Wie sehr hat sich Frau Heidemann über das Körbchen mit Alpenrosen gefreut! Ich aber bin mit dem Kind lange, lange gestanden und habe ins Tal geblickt, wo immer wieder an einer Straßenbiegung das leuchtende Rot des Postautos auftauchte. Einen Augenblick war mir's, als wär's das Beste gewesen, Frau Heidemann hätte uns beide, Jos und mich, mitgenommen. Aber was sollen wir da draußen in der Fremde? — Beim langen Stehen muß ich mich wohl erkältet haben. Als ich Jos, der vom Abstieg recht müde geworden war, zur Staffelalp hinaufgetragen hatte, war mir plötzlich ganz elend. Vielleicht aber hing das auch mit dem Abschied zusammen. Ein Lichtblick aber ist mir beim Abschied geblieben: Frau Heidemann hat versprochen, mir zu schreiben. So bleibt mir diese Verbindung und damit immer etwas zum Freuen.

*

Die Erkältung will nicht weichen, dazu habe ich Stechen im Rücken und in der Brust. Aber es wird wohl nur vorübergehend sein. — Jos steht immer wieder am Tannenwäldchen und blickt angestrengt hinunter ins Tal. Kann er dann irgend jemand entdecken, der den Berg heraufkommt, dann zappelt er mit Händen und Füßen und ruft in glücklicher Erwartung: ‚Oma, Oma!' — Nein, sie kommt vorerst nicht. Aber vergessen wird sie uns nicht, das weiß ich. Und dann habe ich ihr Büchlein, das Neue Testament. Wie kostbar ist mir dieses Geschenk! Vieles, was darin steht, verstehe ich zwar nicht, aber manche Worte haben mich aufgerichtet und getröstet. — Die Mutter ist schon länger nicht mehr bei uns oben gewesen. Sie ahnt nichts von meinem Verhältnis zu Frau Heidemann. Für sie war diese nicht mehr als eine Fremde, die durch ihr freundliches Wesen angenehm aufgefallen ist. Wenn sie wüßte! — Gestern habe ich den ersten Brief aus München erhalten. Wie lieb, wie mütterlich schreibt Frau Heidemann mir, voller Fürsorge für mich und den Kleinen. Ich fange an zu glauben, daß unser Zusammentreffen Gottes Führung war."

*

Die folgenden Blätter des Büchleins zeigten, daß Steffa nur noch selten und nur in großen Zwischenräumen dazu gekommen war, ihre Gedanken niederzuschreiben.

Ich bin krank, hieß es auf einer Seite. Der Arzt, zu

dem ich ging, sagt, die Lunge sei angegriffen. Ich solle mich schonen. Aber die Arbeit muß doch getan werden! Und wie sollte ich ohne sie den langen Tag ausfüllen? Wenn ich nur nicht immer so müde wäre! Jos schaut jetzt nicht mehr nach der Münchener Oma aus. Ich habe ihm erzählt, daß sie abgereist sei und wohl erst im Sommer zurückkehre. Dann steht er vor mir, die Arme auf dem Rücken verschränkt und sieht so verständig aus, als begreife er alles, was ich ihm erzähle. Immer lese ich ihm auch ein Stücklein aus Mutters Briefen vor: „Grüße mir meinen kleinen Jos. Ich denke täglich an ihn, und habe angefangen, ihm ein wollenes Anzüglein für den Winter zu stricken. Er soll recht lieb und gehorsam sein, damit sein Mütterlein Freude an ihm haben kann." Dann nickt er ernsthaft mit dem Kopf und sagt: „Jos lieb!" — Mein kleiner Sonnenschein!

*

Das nächstemal schrieb Steffa bereits vom Krankenbett aus: Hinter dem Poltern und Schimpfen der Mutter verbirgt sich ihre große Sorge um mich. Zu Jos ist sie rührend. Wie gut, daß meine Krankheit erst jetzt, nachdem die Kühe von der Alp getrieben sind, richtig zum Ausbruch kam. So versäume ich doch nicht allzuviel. Jede Woche kommt ein Brief von München. Zuerst stutzte die Mutter und war mißtrauisch. Als ich ihr jedoch sagte, daß es Frau Heidemann sei, die an mich schrieb, beruhigte sie sich. „Das war einmal ein angenehmer Gast", äußerte sie sich. Da hätte ich mir beinah ein Herz gefaßt, und ihr alles gestanden. Im letzten Augenblick zögerte ich dann doch. Ich meine, es sei besser, wenn ich damit warte, bis ich wieder gesund bin. Tobias weiß noch immer nichts von seinem Sohn. Er ist im Ausland, und seine Mutter will es ihm persönlich sagen. Wie wird er es auffassen? — Es ist so gut, daß ich unser Geschick nicht selbst in die Hand nehmen muß. Lange genug habe ich mich in Sorgen und Bangen zermürbt. Seitdem Frau Heidemann mich aber lehrte, Gott als meinen Vater, und mich als sein Kind zu betrachten, bin ich viel ruhiger geworden. Er weiß um alles, auch um Tobias' Lebenskampf und Not. — Wie gut ist es, das zu wissen! — Ich selbst bin jetzt, obgleich ich nichts schaffe, oft so müde, daß mir selbst das Denken zu viel wird.

*

Weihnachten! Mutter war rührend, sie hat ein kleines Bäumchen mit Lichtern an mein Bett gestellt. Josi jauchzte und war selig über die schönen Spielsachen und das warme Anzüglein von seiner Münchener Großmutter. Mutter ahnt noch immer nichts, obwohl Jos von der „anderen Oma" spricht. Aber er nennt fast alle älteren Frauen so. Daher kommt sie gar nicht auf den Gedanken, daß hier wirkliche Zusammenhänge bestehen. Ich hatte gehofft, zu Weihnachten aufstehen zu können, aber ich bin zu schwach. Es ist nun festgestellt, daß ich ein ernstes Lungenleiden habe.

*

Schon zweimal hatte ich einen Blutsturz. Wenn es doch bald Frühling würde! Die Sonne könnte mir vielleicht helfen. — Der Pfarrer besucht mich öfters. Seine Güte tut mir wohl. Wenn ich nicht gerade sehr müde bin, führen wir lange und ernste Gespräche miteinander. Nach München habe ich bisher nichts davon geschrieben, daß ich ernstlich krank bin. Warum soll ich Frau Heidemann beunruhigen? Wenn ich erst wieder auf meiner Staffelalp bin, geht es gewiß bald der Besserung zu.

*

Und nun bin ich oben. Auf einer Bahre hat man mich heraufgetragen. Viele haben zwar den Kopf geschüttelt ob solchem Unternehmen; aber Mutter hat darauf bestanden, wohl weil sie wußte, wie sehr ich mich hinaufsehnte. Sie schritt neben der Bahre, führte das Kind an der Hand und trug es auch streckenweise. Am vorhergehenden Tag hatte man schon das Nötigste an Kleidern und Lebensmitteln hinaufbesorgt. Vor uns her trieb man die Kühe. Ihr Glockengeläut war mir wie ein Festtagsklingen. Oh, da oben war mir von jeher am wohlsten! Am Marienkapellchen, wo man den schönsten Ausblick zu den Schafalpen hat, setzten sie mich eine Weile ab. — Da liefen mir Freudentränen über die Wangen. Und Jos kam zu mir her und brachte mir die ersten Enzianglocken. Sein Händchen war ganz gefüllt. — Aber nachher war ich so müde, daß ich glaubte, nicht den Berg hinaufgetragen worden zu sein, sondern ihn selbst erstiegen zu haben.

*

Nun sind wir schon einige Wochen hier oben. Nie vorher habe ich meine Mutter so gütig und liebevoll gesehen. Sie hat an meiner Stelle die Alp übernommen, obgleich die Dreiheiligenwirtin sehr jammerte und tat, als sei es unmöglich, einen Ersatz für die Küche zu bekommen. Aber Mutter setzte sich durch. Und nun pflegt sie mich in selbstloser Treue. Jeden

Wunsch möchte sie mir von den Augen ablesen und erfüllen. Manchmal denke ich, sie befürchtet...

*

Ja, nun glaube ich selbst, daß sie recht befürchtet. Ich werde nicht mehr gesund. Zwei furchtbare Tage und Nächte liegen hinter mir. Ich bin noch so jung und möchte doch so gerne, ach so gerne, für meinen Jos, nur für ihn leben. Der Tod ist so fremd, so kalt und erbarmungslos. Ich schrie zu Gott in meinem Herzen. Wie gut, daß ich zu ihm gefunden habe! Ich meinte, es bei Gott erzwingen zu können, daß ich meinem Kind erhalten bleibe; aber plötzlich fiel es mir wie Schuppen von den Augen: Gott nimmt dich, um dich und auch Tobias vor neuer Schuld zu bewahren. Wenn er von dem Dasein seines Kindes erfährt, wird er sich aufmachen und zu ihm kommen, und die ganze Not wird für uns beide aufs neue aufbrechen. Und das, — nein, das darf nicht sein! Lieber will ich sterben. Mein Jos wird nicht verlassen sein. Tobias' Mutter bürgt mir dafür. Ich will ihr meine Krankheit jetzt nicht länger verschweigen, es könnte schließlich rasch mit mir zum Sterben gehen.

*

Nun lebe ich nur noch in der Erwartung auf das Kommende. Mutter trägt mich oft vor die Hütte und setzt mich in die Sonne, deren Wärme mir so wohl tut. Josi springt um mich herum. — Die Trennung von ihm fällt mir am schwersten. Heute saß ich lange an der Stelle, wo wir beide, Tobias und ich, über das Sterben sprachen. Auch vom Fegefeuer war die Rede. Ich hatte Tobias gefragt, ob er meine, das Sterben sei schwer: Und seine Antwort war gewesen: „Was wissen wir davon? Wir wissen so wenig vom wahren Sinn des Lebens. Wie sollten wir uns ein Urteil über den Tod erlauben?" Und er hatte von seiner Mutter gesprochen, die eine fromme Frau sei, die vom Sterben als von dem Heimgang ins Vaterhaus rede. — Und nun steht mir dieses Letzte bevor. Tobias' Mutter habe ich es zu danken, daß ich daran auch wie an ein „Nachhausekommen" denken kann. Wie tröstlich ist das! — Das alles ging mir durch den Sinn, als ich vor der Hütte saß und wieder einmal das Alpenglühen erlebte. Es war mir, als sei das Leuchten nie so schön gewesen wie heute. Ein Bewußtsein tiefen Geborgenseins überkam mich. Wenn ich diese schöne Erde nun bald verlassen muß, so habe ich die Hoffnung, daß die Pforten einer Heimat in der andern Welt sich mir auftun werden. Ich habe ein Zuhause im Himmel! — In Frau Heidemanns Büchlein steht ein Vers, der mir jetzt oftmals hilft: „Ich bin gegangen, euch die Wohnungen zu bereiten." Das gilt auch mir. Doch jetzt bin ich wieder so müde und erschöpft vom Schreiben, daß auch heute der Brief nach München nicht zustande kommen wird. Aber ich bin trotzdem getrost und bange nicht mehr um meines Kindes Zukunft, ich habe sie dem übergeben, der gesagt hat: „Sorget nicht, ich sorge für euch!" So steht's in Tobias' Mutters Büchlein, daraus sie Trost und Kraft geschöpft hat ihr Leben lang, und das mir jetzt, wo es zum Letzten geht, auch helfen wird.

*

Jetzt habe ich gemeint, nicht länger warten zu dürfen, sondern der Mutter alles sagen zu müssen. Sie hofft noch immer auf mein Gesundwerden. Als sie sich heute am Sonntag, nachdem sie vom Kirchgang aus dem Tal zurückgekommen war, ein wenig zu mir setzte, sagte ich: „Mutter, ich werde nicht mehr lange bei euch sein." Da hob sie wie in Abwehr die Hände! „Sprich nicht davon, du darfst nicht von uns gehen." Ich fuhr fort: „Nein, ich darf es nicht länger hinausschieben, mit dir über Josis Vater zu reden, denn es bleibt mir nur noch wenig Zeit." Da erhob sie sich jäh, und auf ihrem Gesicht stand wieder der Zug alter Strenge und Unnahbarkeit. Sie sagte: „Steffa, ich bitte dich um eines, sprich nie wieder von ihm, ich ertrage es nicht." Und damit ging sie hinaus. — Was soll ich nur tun?

*

Ein neuer Blutsturz. Jetzt kann es nicht mehr lange gehen. Auch schreiben werde ich nicht mehr viel können. Es strengt mich zu sehr an. — Neben meinem Bett, das ich jetzt nicht mehr verlassen kann, steht eine Schale mit Alpenrosen, tiefblauem Enzian und leuchtendgelben Trollblumen, — von meiner Mutter. — Wann hätte sie je Blumen gepflückt! — Gute Mutter! — Ich habe ihr einen Brief geschrieben, in dem alles steht, was ich ihr längst sagen wollte und in dem ich ihre Verzeihung erbitte für das Leid, das ich ihr zugefügt habe. Wenn alles vorbei ist, wird sie ihn in meinem Kästlein finden.

*

Und dann kam die letzte Eintragung. Die Hand muß beim Schreiben schon sehr matt gewesen sein. Nur wenige, schwer zu lesende Worte standen da:

„Nun habe ich keine Furcht mehr — — Tobias' Mutter hat recht gehabt, — es ist, als sei ich bisher in der Fremde gewesen und dürfe jetzt heimkehren. — Josi, Tobias, kommt ..."

Mitten im Satz schien der Stift der todesmatten Hand entfallen zu sein. — Steffa war durch die Himmelspforte geschritten.

*

Um die Mittagszeit kehrte der alte Pfarrer von der Staffelalp zurück. Sein Gang auf den Heuberg war vergeblich gewesen. Im Hausgang trat ihm seine Schwester entgegen. „Ich habe schon dreimal an seine Türe geklopft. Er antwortet nicht. Geh du jetzt zu ihm hinein und versuche ihn zu bewegen, wenigstens etwas zu essen."

Als der Pfarrer das Gastzimmer betrat, war Heidemann gerade dabei, Steffas Brief, den er vor einigen Tagen von seiner Mutter bekommen hatte, zu lesen. O, warum war er damals ins Ausland gereist, anstatt sofort nach Haus zu eilen! Er hätte dann diesen Brief gleich in die Hände bekommen und wäre zu Steffa geeilt und nicht, so wie jetzt, zu spät gekommen!

„... Willst Du nicht zurückkehren zum Gott Deiner Mutter, an den Du geglaubt, als Du noch ein glückliches Kind warst?" so las er. „Ich will nicht aufhören, Gott zu bitten, daß er dem Vater meines Kindes den Frieden seiner Seele wieder schenke...."

Wenn es wirklich Heilige gibt, dachte Heidemann, so ist Steffa eine solche. Anstatt mir zu fluchen, betet sie für mich. Darum paßte sie auch nicht mehr auf diese Erde. — Ich aber muß wieder zurück in die Nacht meines Daseins

Er hatte das Eintreten des Pfarrers nicht bemerkt. Dieser erschrak beim Anblick des Mannes, der in den vergangenen Stunden Zwiesprache gehalten hatte mit der Verstorbenen, der Mutter seines Kindes.

Es fiel dem Pfarrer schwer, Heidemann seine Botschaft auszurichten. „Frau Matt läßt nicht mit sich reden. Sie weigert sich entschieden, das Kind herzugeben." Und begütigend fügte er hinzu: „Wir müssen ihr Zeit lassen."

Da traf ihn ein Blick voller Bitterkeit: „Ich habe schon viel zu viel Zeit verstreichen lassen; das wurde mir zum Verhängnis." Er griff nach dem schwarzen Büchlein: „Und nun lassen Sie mich gehen. Ich habe Ihre Zeit ohnehin zu lange in Anspruch genommen. Haben Sie Dank!"

Und der Pfarrer ließ den Fremden, der ihm durch das durchlebte Leid Bruder geworden war, ziehen. Gern hätte er ihm einen Trost mitgegeben, aber er wußte, daß für ihn Gottes Stunde schlagen mußte; Menschentrost fand hier noch keinen Eingang.

*

Fünf Jahre später. — Ein sonnendurchglühter Herbsttag, der in überschwenglicher Pracht seine bunten Farben an Baum und Strauch aufleuchten läßt. Wie schön muß es jetzt im Laubwald sein! Aber auch die Stadt mit ihren asphaltierten Straßen, ihrem Häusermeer und lauten Getriebe bleibt nicht ganz ohne Schmuck. Drüben in der Parkanlage schimmert es bald leuchtend rot, bald gelb, dort drüben orangefarben, während grün und braun in allen Schattierungen vorhanden sind. Ein letztes Aufflammen herbstlichen Lebens, bevor es zum winterlichen Sterben geht!

Unter den Füßen raschelt das Laub. Soeben haben sich die Tore einer Knabenschule geöffnet. Mit lautem Geschrei, froh, dem lästigen Schulzwang entrinnen zu können, stürmt die Horde aus dem Schulgebäude geradeswegs hinüber in die Parkanlage, deren Rasenflächen mit Kastanien und Eicheln wie übersät sind. Die Hosentaschen der Jungens schwellen zusehends an; jeder will möglichst große Beute erhaschen.

Am Eingang des Parkes steht ein Knabe, ein Kind mit ebenmäßigem, feingeformtem Gesicht, dessen sinnender Ausdruck den kleinen Denker verrät. Weiches, braunes Haar fällt ihm immer wieder in die Stirne, von wo es mit ungeduldiger Kopfbewegung zurückgeworfen wird. Es lockt den Jungen sehr, mit den anderen zu tollen, durchs Laub zu streifen und Kastanien zu sammeln, aber er hat versprochen, zeitig nach Hause zu kommen, Und wenn er noch in die Hauptstraße will, muß er sich eilen, sonst beunruhigt sich die Großmutter wieder, und das darf nicht sein.

„Heidemann, komm doch auch!" Ein Klassenkamerad ruft es ihm zu und weist ihm mit erhobenen Händen die prall gefüllte Mütze. „Sieh die Menge Eicheln und Kastanien!"

Der Junge aber schüttelt den Kopf. „Ich habe keine Zeit." Dann springt er in großen Sätzen davon. Aber es ist nicht sein täglicher Schulweg, den er einschlägt. Er läuft quer über einen belebten Platz. Kein Mensch vermutet in ihm das Kind der Sennerin von der stillen, weltabgeschiedenen Alp in den klüftigen Bergen, denn sicher bewegt sich der Junge auf der Straße mit ihren vielen Gefahren. Er eilt vorbei an den großen Kaufhäusern, deren bunte Schaufenster locken. Sie scheinen aber den Jungen nicht zu interessieren. Er verfolgt anscheinend ein bestimmtes Ziel. Vor einer bekannten Kunsthandlung in der Hauptstraße bleibt er aufatmend stehen. Auch heute haben sich Menschen hier angesammelt, die von dem einzigen Gemälde, das hinter der Glaswand ausgestellt ist, gefesselt scheinen. Seit letzter Woche ist das Bild hier zu sehen. Seitdem ist Jos täglich nach der Schule hergeeilt, um sich, wenn auch nur für kurze Minuten, an dem Werk seines Vaters zu freuen. Auch jetzt steht er dicht vor dem Schaufenster, seine Hände umklammern das Eisengitter, das zu dessen Schutz angebracht ist. Mit stolzer Freude hört er die Urteile der Schauenden, die sich in lebhafter Bewunderung über das Kunstwerk ergehen. — Das Herz des Kindes klopft, als er das Werk seines Vaters loben hört, den er über alles liebt und verehrt, steht er doch wie die Güte selbst in seinem Leben, obwohl er ihm oft eine gewisse Scheu einflößt, weil er gewöhnlich so ernst, ja fast traurig ist.

Aber da ist noch ein anderes: Das Gemälde zeigt die Heimat der Mutter, in die er jedes Jahr für etliche Wochen mit der Großmutter reisen darf. Wie ist er dort stets so glücklich. Mutters schöne Heimat! — Wie oft hat er im Banne des geheimnisvollen Alpenglühens, vor dem man ganz still wird und alles andere rings um sich her vergißt, gestanden. — Und das hat der Vater hier gemalt! — Er weiß nicht, was sein Kinderherz mehr erfüllt. Bewunderung für des Vaters künstlerische Leistung oder Liebe dem immer Gütigen gegenüber. Er hat überhaupt so vieles zum Liebhaben, und das macht so reich. Da ist neben dem Vater natürlich gleich die Großmutter Heidemann. Ohne sie ist das Dasein überhaupt nicht denkbar. Niemand könnte treubesorgter um ihn sein, niemand könnte mit größerem Verständnis auf seine Ideen eingehen wie sie, — niemand kann, und das ist etwas vom Wichtigsten, so wundervoll erzählen wie Großmutter. Die schönste Zeit im Jahr sind die Ferien, die man mit der Großmutter im Walsertal verbringt. Da kommt man sich vor wie ein König mit all den Kühen, deren Glockengeläut immer so festlich tönt, als seien die Ferientage lauter Festtage, die rauschende Breitach, die unzähligen, lieblichen Blumen — alles, alles gehört einem ganz persönlich. Man ist unermeßlich reich und glücklich. — Ja, und dann ist da noch die andere Großmutter, die man auch liebhaben muß, schon weil sie so furchtbar viel Schweres durchgemacht hat, wie Großmutter Heidemann erzählt. Die Großmutter im Walsertal ist zwar immer sehr still, und scheint meistens kein bißchen froh zu sein, nur manchmal, wenn man mit ihr ganz allein ist, wird sie plötzlich weich und zärtlich. Oma Heidemann sagt, man müsse zu ihr ganz besonders lieb sein. — Und dann ist dort auch noch Mutters Grab und Mutters Alp und das Wäldchen — so vieles Schöne und Liebliche, daß es einem jedesmal wieder schwer fällt heimzugehen. Aber in München wartet der Vater, und den darf man nicht allein lassen, — nein, das wäre unmöglich. Und so freut man sich jedesmal auch wieder aufs Zuhause. — — In diesem Bild aber hat der Vater die Heimat festgehalten und einem ganz nahegerückt.

„Sieh nur den Kleinen", flüstert da plötzlich eine Dame, die mit ihrem Gatten ebenfalls vor dem Fenster der Kunsthandlung steht. „Er ist ganz in Andacht versunken." Freundlich beugt sie sich zu dem Jungen hernieder und fragt: „Gefällt dir das Bild?"

Jos nickt und wird rot vor Verlegenheit. Aber er bringt es nicht fertig zu sagen, daß sein Vater der Schöpfer dieses Kunstwerkes ist. So springt er eilig davon.

Die Großmutter steht schon wartend am Fenster. „Josi, wo bleibst du nur wieder?" fragt sie und Sorge schwingt in ihrer Stimme mit. Das Kind aber lächelt sie sonnig an.

„Nicht böse sein, Oma, — bei Vaters Bild — und alle Leute freuen sich dran."

Frau Heidemann nimmt das zu ihr erhobene, strahlende Kindergesicht zwischen ihre beiden Hände und beugt sich zu ihm nieder mit dem innigen Lächeln, das nur Müttern eigen ist. „O du, Kind!"

Josi ist aber nicht nur künstlerischen Genüssen zugänglich, er wendet sich jetzt bewußt und tatkräftig dem Materiellen zu.

„Oma, was gibt's heute? Ich hab' schrecklichen Hunger." In diesem Augenblick trägt Sophie, Großmutters langjährige Stütze, die Suppenschüssel herein, und gleich darauf greift Jos tapfer zu und läßt sich's schmecken. Und beide Frauen, die Großmutter sowie Sophie, freuen sich an seinem guten Appetit.

„Schmeckt's?" fragte das Mädchen, um sich das, was ihre Augen bereits unzweideutig wahrgenommen haben, von ihm selbst noch bestätigen zu lassen. Und der Junge nickt, schluckt und lobt sie: „Prima hast du gekocht, Sophie, ganz prima!" Sophies Gesicht wird durch ein glückliches Lächeln verklärt. Längst hatte auch sie Frau Heidemanns Enkelsohn ins Herz geschlossen. Es ist nun vier Jahre her, daß diese das kleine, ängstliche Büblein nach München geholt hatte. Sie sagte damals nichts weiter als: „Das ist das Kind meines Sohnes und wird nun bei uns bleiben." Sie, Sophie, hatte nichts gefragt, eines aber glaubte sie doch zu wissen, obgleich es sie ja im Grunde genommen nichts anging: niemals gehörte dieses Kind einer Marietta Concordi. Aber mochte es sein, wie es wollte: der Kleine brachte Leben und Frohsinn ins Haus, und beides konnte man brauchen. Jos war auch nicht lange scheu und ängstlich geblieben; er hatte sich sehr bald in dem schönen Haus mit dem gepflegten Garten zurechtgefunden, wenn er auch in der ersten Zeit oft gefragt hatte, ob hier keine Kühe und Berge seien. — Liebe Zeit, wo waren die Jahre geblieben!

„Sophie", lachte plötzlich der Junge, „weißt du, was unser Lehrer sagt, wenn wir so starr vor uns hingucken, wie du das jetzt gerade gemacht hast? Er sagt: ‚Glotz kein Loch in die Wand.'" Jetzt mußte das Mädchen hell auflachen. „Ja, ja, wenn man halt so angestrengt nachdenken muß!"

Nach dem Essen legt Frau Heidemann sich ein Stündchen aufs Ruhebett, während Jos bei ihr am Tische sitzt und Schularbeiten macht. Es ist notwendig, daß man ihn dabei beaufsichtigt. Er ist nicht faul, aber gar leicht gerät er ins Träumen, vergißt dabei das Nächstliegende und schreckt aus tiefer Versunkenheit empor, wenn man ihn anspricht und in die Wirklichkeit zurückruft. So bleibt Frau Heidemann bei ihm, um darauf zu achten, daß er seine Aufgaben recht macht. Von Zeit zu Zeit wirft sie einen Blick hinüber zu Jos, der eben wieder an seinem Federhalter kaut und, dem Ausdruck seiner Augen nach zu schließen, weit fort ist.

„Josi", tadelt die Großmutter, „sollst du nicht rechnen?" Der Junge fährt zusammen. „Doch, doch, Oma, ich tu's schon", sagt er und fährt dann verschmitzt lächelnd fort: „Und du, solltest du nicht schlafen?"

„Gewiß, mein Jungchen, aber wenn du nicht fleißig bist, habe ich keine Ruhe." Da springt der kleine Kerl auf, legt fürsorglich die warme Decke um die Großmutter und kommandiert: „Augen zu! Ich verspreche dir jetzt, auch tüchtig zu arbeiten. Wenn du dein Mittagsschläfchen gemacht hast, bin ich mit den Schulaufgaben fertig. — Weißt, Oma, ich mußte eben nur noch einmal an Vatis Gemälde denken. Vati ist ein großer Künstler, nicht wahr? — Eigentlich müßte er doch furchtbar vergnügt sein, weil er so etwas Großartiges machen kann und weil ihn alle Leute loben. Aber er ist gar nicht recht vergnügt, sondern immer so ernst und still. Wenn mich der Lehrer einmal lobt und sagt, ich hätte meine Aufgaben gut gemacht, dann freue ich mich sehr den ganzen Tag. — Eigentlich müßte der Vater doch auch . . ."

Frau Heidemann unterbricht den kleinen Schwärmer. „Nachher darfst du weiter erzählen, Josi, jetzt mußt du wirklich arbeiten."

„Ja, Oma, ich will es tun."

Die Großmutter schließt nun auch gehorsam die Augen. Aber Josis Worte klingen in ihr nach und halten sie hell wach. „Eigentlich müßte der Vater . . . eigentlich!"

Und wieder, wie so oft, gehen ihre Gedanken zurück, die ganze Wegstrecke entlang, bis zu jenem Tag, an dem sie zum zweitenmal ohne Wissen des Sohnes ins Walsertal reiste, diesmal um sein Kind zu holen.

Nie würde sie vergessen können, wie ihr Sohn vom Grabe Steffas zurückgekehrt war. Wie ein müder, alter Mann war er ihr vorgekommen, als er vor ihr stand: „Es ist alles aus, Mutter! — Steffa ist tot, — sie ist gestorben, ohne daß ich irgendwie gutmachen konnte, was ich an ihr gefehlt habe. — Und Frau Matt weigert sich, mir das Kind zu geben, mein Kind, dem ich Vater sein möchte — —"

Steffa tot! Es war ihr so schmerzlich, als habe sie ein eigenes Kind verloren. Sie verstand, was Tobias durchlitt. Wohl umgab sie ihn in jener Zeit mit besonderer Fürsorge, aber mit all ihrer Liebe vermochte sie nicht, irgend etwas an den Dingen zu ändern. Manchmal schien es ihr gar, als sei ihr Betreuen dem Sohne lästig. Immer mehr zog er sich in sich selbst zurück, wurde wortkarg und menschenscheu, so daß sie ihn im Kreise seiner Freunde „den Einsiedler" nannten. — Marietta Concordi hatte ihn wieder verlassen. Die Scheidung war nun von ihrer Seite aus in die Wege geleitet worden, nachdem sie von dem Vorgefallenen Kenntnis bekommen hatte. — Sie wurden geschieden, und Tobias war nun frei von der Frau, die ihn jahrelang betrogen hatte. Aber froh war er deshalb doch nicht. — Frau Heidemann litt sehr mit ihm und um ihn. — Bis sich eines Tages in ihrem mütterlichen Herzen noch eine Hoffnung regte! Das Kind! Wenn es ihr möglich wäre, ihm das Kind zu bringen! Und sie flehte Gott an, er möge ihr Vorhaben gelingen lassen. — Wieder machte sie sich auf den Weg. Die Aufgabe, die sie sich jetzt gestellt hatte, war nicht leichter als die erste, da sie sich auf die Suche nach Steffa Matt begab.

Noch immer hauste Frau Matt allein auf der Staffelalp. Sie verrichtete gewissenhaft die Sennenarbeit, hielt sich jedoch vollkommen von allem Verkehr mit den Dorfbewohnern fern. Die Dreiheiligenwirtin hatte sie schon wiederholt ermuntert, die Leitung des Küchenbetriebes wieder zu übernehmen. Das Kind sei jetzt nicht mehr so klein, daß es ständig Aufsicht brauche. Soviel Zeit, wie sie benötige, dann und wann nach ihm zu sehen, bleibe ihr allemal. Aber Frau Matt war nicht zu bewegen, dieses Angebot anzunehmen und ins Tal zurückzukehren. So ließ man sie wohl gewähren, bis Jos so weit war, daß er zur Schule gehen mußte. Dann würde sie aus diesem Grunde die Alp verlassen müssen.

„Das arme Büblein tut einem leid", sagten die Leute im Dorf. „Es kann ja schließlich nichts dafür, daß seine Mutter ‚so eine' war. Viel Schönes hat's bestimmt nicht bei der verschrobenen Fränzi da oben." Frau Matt ließ zwar dem Kinde äußerlich nichts abgehen. Sie sorgte treu für Jos. An des Kindes Seele freilich dachte sie nicht, so notwendig das gerade in diesem Fall gewesen wäre; hatte Jos doch sehr viel Gemüt. Oftmals stand er vor der Hütte und blickte sehnsüchtig ins Tal in der Meinung, das Mutterle müsse ja schließlich einmal wiederkommen. Frau Matt nahm ihn allsonntäglich mit hinunter in den Ort, wenn sie zur Kirche ging. Dann saß er still neben der stets in schmerzliche Andacht versunkenen Großmutter, die lange auf dem Betschemel kniete, und sah aufmerksam den Handlungen des alten Pfarrers und der beiden Meßjungen zu. Nach Beendigung des Gottesdienstes ging man immer auf den daneben liegenden Platz mit den vielen Blumenbeeten, auf denen seltsamerweise auch Kreuze wuchsen. Die Großmutter hatte ihm gesagt, die Mutter schlafe da unten, aber das konnte er nie recht glauben. In diesem kleinen

Blumenbeet hatte sie bestimmt nicht Platz genug. — Nein, nein, — sie kam gewiß eines Tages wieder, um mit ihm zu lachen und zu spielen. Und das kleine, freudehungrige Herzchen machte sich auf den Weg, um die Mutter zu suchen. — Und wirklich, eines Tages sah er eine Frauengestalt durch das Wäldchen zur Hütte heraufsteigen.

„Mutterle! Mutterle!" jauchzte das Kind und lief ihr mit ausgestreckten Armen entgegen. — Plötzlich aber stockte es in seinem eiligen Lauf. Enttäuscht stellte Jos fest, daß es nicht die Erwartete war, — aber — aber, — in seinem Kinderköpfchen rumorte es. — Er mußte diese Frau mit dem weißen Haar und den gütigen Augen schon einmal gesehen haben. Da breitete Frau Heidemann ihre Arme aus. „Josi, kleiner, lieber Josi!" Und plötzlich wußte es das Kind wieder. „Oma!" rief es und warf sich an das Herz der Großmutter, um dort in bitterliches Weinen auszubrechen. Die ganze Sehnsuchtsnot seiner kleinen Kindesseele brach jetzt durch, das empfand Frau Heidemann, als der Kleine unter heftigem Schluchzen immer wieder „Mutterle, Mutterle!" hervorstieß. Auch über Frau Heidemanns Gesicht rannen Tränen. So standen sie eine Weile. Dann nahm sie Jos bei der Hand. „Komm, führe mich zu deiner Großmutter!"

Mißtrauisch blickte Frau Matt der Fremden entgegen. Dann aber erkannte sie in ihr den einstmaligen Gast des Dreiheiligenwirts und wurde zugänglicher.

„Ihr kommt zu mir?"

„Ich habe Ernstes mit Ihnen zu sprechen", erwiderte Frau Heidemann und trat in die Hütte. Einen Augenblick blieb sie aufatmend stehen. Hier hatte Steffa gelebt!

Frau Matt bot ihr einen Stuhl an. Josi hatte noch immer Frau Heidemanns Hand umklammert und blickte unverwandt zu ihr empor. So stand er zwischen den beiden Großmüttern — gleichsam eine Brücke bildend über eine noch bestehende Kluft.

Frau Heidemann beugte sich zu dem Kleinen, legte ihm die Hand auf das Köpfchen und hob dann den Blick frei zu Frau Matt: „Ich bin seine Großmutter."

Diese schien nicht zu begreifen. Verständnislos sah sie von der Fremden zu ihrem Enkelkind. Frau Heidemann aber fuhr fort: „Ja, es ist so, mein Sohn Tobias ist Josis Vater." — Jetzt begriff Frau Matt, und schon ging eine grauenhafte Veränderung mit ihr vor. Ihre Augen traten aus den Höhlen, während sich ihre Finger in den Falten ihres Rockes verkrampften. Aus ihrer eingefallenen Brust stieg es keuchend empor, — erst langsam, zögernd, — so, als fasse sie die Wahrheit des Gehörten noch nicht recht —, dann aber ergoß sich plötzlich und ohne Hemmung eine Flut von Schmähungen über Frau Heidemann. Darum also war diese damals zu ihnen ins Tal gekommen und hatte so freundlich mit Steffa getan —, niederträchtige Heimlichkeiten hatte man vor ihr gehabt —, ein frevelhaftes Spiel hatte man mit ihr getrieben —, aber als das arme Ding, die Steffa, todkrank darniedergelegen hatte, da war niemand gekommen, um nach ihr zu sehen. Und jetzt wolle man wohl das Kind holen! — Aber man solle sich getäuscht haben, niemals würde Jos mit ihrer Zustimmung in die Hände dieses Elenden kommen, der ihre Tochter unglücklich gemacht und in ihrer Not verlassen hatte, der schuld sei an ihrem Tode. Wahrlich, die Frau raste. Frau Heidemann war totenbleich geworden, wahrte aber nach außen ihre Ruhe und versuchte außerdem, das erschrockene Kind zu beruhigen. Mit keinem Wort unterbrach sie die krankhaft Erregte. Erst als diese ermattet schwieg, begann sie ruhig zu sprechen: „Ich weiß, daß mein Sohn Unrecht tat, und leide mit ihm an dieser seiner Schuld. Aber dennoch bleibt er mein Kind und ich seine Mutter. Mir ist, als brauche er mich jetzt, wo er unglücklich ist, erst recht. — Frau Matt, stimmt es, daß auch Sie einen Sohn haben — einen Sohn, der Ihnen einst ebenfalls großes Leid zugefügt hat? — Wenn Sie nun wüßten, daß dieser unter den Lasten seines Lebens seufzt und leidet, selbst wenn er sich diese durch eigene Schuld aufgebürdet hätte, würden Sie ihm nicht ihre Arme und ihr Herz öffnen, daß er wieder zur Ruhe kommen könnte?"

Wer hieß Frau Heidemann gerade diesen Ton anschlagen? War es mütterlicher Instinkt oder Führung?

Mit weitgeöffneten Augen starrte Frau Matt die Sprechende an, dann entstieg ein Stöhnen ihrer Brust, weh und schmerzlich, an den Klagelaut eines verwundeten Tieres erinnernd. Und nun geschah es tatsächlich, daß das Kind zum Bindeglied der beiden Frauen wurde. „Oma", rief es erschrocken, „was hat die Großmutter? Sie weint — o sie weint! Komm, Oma, helfen!"

Frau Heidemann legte den Arm um die Schulter der Verzweifelten und sagte: „Sind wir nicht beide Mütter, die um ihr Kind Leid tragen? — Das ist einer Mutter Los. Eines aber ist mir klar geworden: Nie darf dem irrenden Kind der Weg zur Heimat, zum Mutterherzen versperrt werden. Bei all seiner Schuld, in allen Wirrnissen seines Daseins muß es wissen: Ich darf heimkommen!"

Da hob Frau Matt den Kopf und blickte aus leiderfüllten Augen empor. „Wenn ich nur wüßte, wo ich ihn finden könnte, mein Herz sollte ihm offenstehen. Glaubt mir, wer so einsam geworden ist wie ich — aber was red' ich da, und was wißt Ihr davon!" Und schon wollte sie das Türlein ihres Herzens, kaum geöffnet, wieder zuklappen lassen. Doch Frau Heidemann faßte mit beiden Händen zu und wußte es zu verhüten. Nach dem Sohn fragte sie, wie lange er schon nicht mehr geschrieben habe, wie alt er sei und ob er der einzige gewesen. Und nun ward es offenbar, wie das stets so herb scheinende Mutterherz sich schier zermürbte in Sehnsucht nach dem Sohn, dem sie einst in Groll und Empörung die Türe gewiesen und das Elternhaus verboten hatte.

Einmal damit begonnen, ließ Frau Matt ihren schmerzlichen Gedanken nun freien Lauf, und sprach aus, was sie seit Jahren keinem Menschen anvertraut hatte. Dabei vergaß sie eine zeitlang vollständig, wer die Frau war, die zu ihr gekommen und der sie nun solchen Einblick in die geheimste Kammer ihres Innern gewährte. Auch diesmal schien Frau Heidemanns Gegenwart zu genügen, um die verbitterte Frau, die sonst keinem Menschen, außer etwa dem Pfarrer solchen Einblick in ihr Inneres gewährte, zum Reden zu bringen. War es nicht damals, als sie im Haus zu den Dreiheiligen näher miteinander bekannt wurden, ebenso gewesen! — Nur daß sie dort noch keine Ahnung davon hatte, daß die Mutter dessen, den sie verfluchte, vor ihr saß. Frau Heidemanns Anwesenheit, ihr warmherziges Mitgefühl schien auch heute einen beruhigenden Einfluß auf sie auszuüben. Vielleicht war es auch das Bewußtsein, daß da eine Mutter war, die gleich ihr Lasten trug, um des einzigen Sohnes willen. Dieses gleiche Leid schuf eine Verbindung, gegen die sie auf die Dauer nicht ankam. — Was hatte sie gesagt? Auch das irrende Kind müsse wissen: ich darf wieder heimkommen. Da hatte nun jemand ausgesprochen, was ihr Herz seit langem schon diktierte und ihr verletzter Stolz ihr verbot, über die Lippen zu bringen. Jetzt aber, da sie sich verraten und, einem unerklärlichen Zwang folgend, es ausgesprochen hatte, daß sie Toni aufnehmen wolle, wenn er nur zurückkehrte, war ihr plötzlich schon leichter ums Herz. Frau Heidemann aber zog ein kleines Buch aus der Tasche und fragte, ob sie wohl zu ihrer beider Hilfe die Geschichte vom verlorenen Sohn vorlesen dürfe. — Die andere wußte auf die Frage nichts zu entgegnen; sie kannte das Buch und wohl auch die Geschichte gar nicht. Aber es bewegte sie eigenartig, als Frau Heidemann vorlas.

So vergingen Stunden in ernstem Gespräch und Gedankenaustausch. Und es geschah, was niemand für möglich gehalten hätte: am nächsten Morgen nahm Frau Heidemann ihren kleinen Enkelsohn mit nach München.

„Ich kann ihm nichts bieten", hatte Frau Matt schließlich erklärt, „um seiner Zukunft willen bringe ich das Opfer und trenne mich von ihm. Über kurz oder lang müßte es ja doch sein, denn ich werde nicht mehr lange leben. Ich habe mir vorsorglich ein Plätzchen neben Steffas Grab gesichert. — Ja, wenn Toni, mein Sohn, hier wäre, dann hätte das Kind seinen Platz, auch wenn ich nicht mehr da bin — aber so ist es wohl das beste, Sie nehmen es mit." Sie sprach kein Wort mehr von Josis Vater — seiner Mutter vertraute sie den Kleinen an. Und das empfand sie, daß er gut aufgehoben war.

Frau Heidemann aber war zurückgekehrt und sah sich wieder vor eine neue Aufgabe gestellt. Sie wollte und mußte den verschollenen Sohn Franziska Matts suchen und finden.

Vier Jahre waren seitdem vergangen, alle ihre Nachforschungen waren vergebens. Von Toni Matt war keine Spur zu finden. Vielleicht lebte er schon nicht mehr. Wie gerne hätte Frau Heidemann ihn seiner Mutter zugeführt. Sie empfand die Erfolglosigkeit ihres Suchens und Nachforschens schmerzlich.

Franziska Matt war bald, nachdem sie das Kind abgegeben, wieder hinunter ins Dorf gezogen, um dort auf das Drängen der Dreiheiligenwirtin hin den Küchenbetrieb wieder zu übernehmen. Fast schien es, als fühle sie sich erleichtert, Josi, das Kind, gut versorgt zu wissen. Auch ihr Gesundheitszustand hatte sich merklich gebessert. Ob sie von der Hoffnung lebte, daß ihr sehnlichster Wunsch, ihr Sohn möge heimkehren, in Erfüllung gehen werde? Wer kann einer Mutter Herz ergründen?

Einmal in jedem Jahr kam Frau Heidemann mit Jos, um etliche Ferienwochen im Gebirge zuzubringen. Frau Matts herbe Art ließ ihr nicht zu, es sich selbst einzugestehen, daß sie sich immer monatelang vorher auf diese Zeit freute wie auf ein Fest. Mit Tobias Heidemann aber war Frau Matt noch in keine nähere Berührung gekommen. Er selbst war nie mehr in Mittelberg gewesen.

Daß es Frau Heidemann gelungen war, Tobias das Kind zu bringen, hatte das gegenseitige Verhältnis zwischen Mutter und Sohn noch inniger gestaltet. Seit der endgültigen Trennung von Marietta lebten sie wieder zusammen; er war aber viel auf Reisen. An Jos hatte er große Freude, äußerte dieselbe jedoch nie laut und lebhaft. Es war, als trage er seit Steffas Tod an unsichtbaren Lasten. Wie gerne hätte seine Mutter ihn wieder froh gesehen, wie er es in früheren Zeiten gewesen war. Aber Mütter müssen warten können, und sie traute es Gott zu, daß zur rechten Zeit eine Wandlung geschehen werde. So lebte sie für den Sohn und dessen Kind und fühlte sich dabei reich und befriedigt.

*

„Oma, ich bin fertig mit meinen Schulaufgaben; sieh, ob ich nicht sauber gearbeitet habe." Josis helle Stimme riß Frau Heidemann aus ihrem Sinnen. „Und hast du nun geschlafen, Oma?"

„Nein, mein Junge, ich habe indessen einen weiten Weg zurückgelegt."

„Dann hast du also doch geschlafen und sogar geträumt."

„Nein, Kind, der Weg, den ich ging, führte durch die rauheste Wirklichkeit. — Aber komm, jetzt gehen wir zusammen in den Garten und schauen, ob es dort etwas für uns zu tun gibt."

„O ja, vielleicht gibt's noch ein paar Pflaumen zu schütteln."

*

Vor dem großen Schaufenster der Kunsthandlung in der Hauptstraße stand schon eine ganze Weile ein Mann, der so stark in den Anblick des Gemäldes vertieft war, daß er darüber seine Umgebung vollständig vergessen zu haben schien. Leute kamen und gingen, blieben neben und hinter ihm stehen, äußerten sich leise und laut, lebhaft und zurückhaltend über das Bild, das wirklich Aufsehen erregte. Der Mann im dunklen Lodenanzug schien von allem nichts zu hören und zu sehen. Unverwandt war sein Blick auf die Berglandschaft gerichtet. Er merkte auch nicht, daß ein kleiner Junge neben ihm stand und schon eine ganze Weile abwechselnd das Gemälde und dann wieder ihn prüfend betrachtete. Plötzlich seufzte der Mann vernehmlich. Dann fuhr er sich mit der Hand, die fein und edel geformt war und in seltsamem Gegensatz zu der großen, wuchtigen Gestalt stand, über Stirn und Augen, als wolle er dort etwas wegwischen. Ohne das Kind an seiner Seite auch nur gesehen zu haben, ging er daraufhin weiter. Erstaunt blickte ihm der Junge nach. Was war mit dem Manne? Plötzlich blieb dieser stehen, als besinne er sich auf etwas, kehrte dann kurz entschlossen wieder um und betrat die Kunsthandlung. Als er nach einer Weile wieder heraustrat, blieb er erneut vor dem Schaufenster stehen und ging dann endgültig davon.

Als Jos nach Hause kam, berichtete er ganz aufgeregt der Großmutter von dem Mann, der sicher das Bild habe kaufen wollen, dem es aber anscheinend doch zu teuer war, denn er habe ganz enttäuscht ausgesehen, als er aus dem Geschäft gekommen sei.

„Es haben schon viele Vaters Berglandschaft kaufen wollen", erwiderte Frau Heidemann. „Aber er gibt sie nicht her. Der Kunsthändler, der schon viele von Vaters Bildern verkauft hat, entdeckte das Gemälde eines Tages in Vaters Atelier. Dort hing es schon lange, denn es wurde schon vor einigen Jahren gemalt. Daraufhin hat Herr Schiffmann den Vater gebeten, ihm das Gemälde für einige Zeit zu überlassen, damit er es ausstelle. Abgeben darf er es jedoch nicht. Vater will es behalten. Er mag sich nicht davon trennen. Längere Zeit hat er es einer Gemäldegalerie zur Verfügung gestellt und im Ausland war es auch schon und hat dort großes Aufsehen erregt. Aber jetzt kommt es bald wieder zu uns zurück, und Vater hat bestimmt, daß es in unserem Wohnzimmer aufgehängt wird, damit wir deine und deiner Mutter Heimat immer vor Augen haben."

Da jauchzte Josi: „O der gute Vater! Weißt du, Oma, ich hatte Angst, der fremde Mann wolle es wirklich kaufen und mitnehmen, und ich war eigentlich schon ärgerlich auf ihn. Aber dann hat er mir doch wieder leid getan, er sah nämlich furchtbar traurig aus und hat sehr geseufzt."

„Du kleiner Phantast!" lächelte die Großmutter. „Was du nicht wieder alles gehört und gesehen hast!"

Obgleich Jos nun wußte, daß das Bild bald seinen endgültigen Platz im Wohnzimmer der Großmutter haben würde, machte er anderntags doch wieder den Umweg durch die Hauptstraße und war nicht wenig erstaunt, vor der Kunsthandlung den Mann im Lodenanzug wieder zu sehen. Dachte der vielleicht immer noch das Gemälde kaufen zu können? — Warum sah er nur so ernst, ja fast traurig aus? Jos wartete den Augenblick ab, in dem außer dem Fremden niemand vor dem Schaufenster stand, faßte sich dann ein Herz und sprach ihn an: „Das Bild ist nicht zu verkaufen."

Der Mann blickte erstaunt auf den kleinen Jungen an seiner Seite, schien aber so in seine Gedanken vertieft zu sein, daß er nicht recht wußte, wem die Anrede des Knaben galt. Jos hatte den Eindruck, als habe ihn der Fremde nicht verstanden. Er wiederholte deshalb mit Nachdruck: „Dieses Bild kann man nicht kaufen." Jetzt schien der Mann begriffen zu haben. „Ich weiß es", sagte er leise, und seiner Stimme war zu entnehmen, daß er dies sehr bedauerte. „Es tut mir leid, ich hätte viel darum gegeben, es zu besitzen." Der Mann muß furchtbar traurig sein, dachte Jos, und sein liebevolles, kleines Herz trieb ihn, irgend etwas zu tun, oder zu sagen, was ihn trösten könne. Aber er wußte nicht recht, wie er das anfangen müßte.

„Nicht wahr, es ist ein schönes Bild?" fragte er endlich, weil ihm durchaus nichts anderes einfiel.

„Es ist mehr wie schön", erwiderte der Mann, und es war Jos, als habe er feuchte Augen, genau konnte er das zwar nicht sehen, denn der Mann war ausnahmsweise groß.

„Es sind die drei Schafalpen, wie man sie vom kleinen Walsertal aus sieht", fuhr Jos dann fort.

Ruckartig wandte der Fremde ihm das Gesicht zu. „Woher weißt du das so genau?"

Des Kindes Auge war noch nicht genug geübt, um das plötzliche Erbleichen des Mannes wahrzunehmen.

„Weil — weil —" Jos errötete —, „weil mein Vater das Bild gemalt hat, und daher weiß ich auch, daß es nicht verkauft werden darf, denn wir behalten es selber, weil Vati sich nicht davon trennen mag." So, jetzt war es heraus, und der Fremde würde sich wohl den Gedanken, das Bild zu kaufen, endgültig aus dem Kopf schlagen. Aber irgendwie mußte man doch einen Trost finden.

„Mein Vater hat noch viele schöne Bilder gemalt", fuhr das Kind fort, „gehen Sie 'mal 'rein zum Herrn

Schiffmann, der hat sicher noch welche und kann sie Ihnen zeigen."

Der Mann schüttelte traurig den Kopf. „Nein, dieses und kein anderes hätte es sein müssen. — Aber" — und nun war es, als spräche er zu sich selbst —, „vielleicht ist es auch besser so. Es wäre nur noch schlimmer geworden." Wieder vertiefte er sich schweigend in das Gemälde. Jos aber vermochte nicht weiterzugehen. Wenn er doch nur irgend etwas für diesen Mann tun könnte!

Schließlich sagte er: „Sie — wenn Ihnen das Bild so gut gefällt, dann können Sie gewiß hin und wieder zu uns nach Hause kommen und es ansehen, meine Großmutter erlaubt es bestimmt und mein Vater ist oft gar nicht zu Hause, aber der hat sicher auch nichts dagegen. Wir wohnen in der ..."

Der Fremde unterbrach das Kind. „Nein, nein, mein Kleiner. Dein Anerbieten ist sehr freundlich, aber davon kann ich nicht Gebrauch machen." — Und nach einer Weile: „Dann kennt dein Vater also das Walsertal?"

„Aber natürlich", erwiderte Jos eifrig, „und ich auch. Ich fahre jedes Jahr mit meiner Großmutter hin, um die Sommerferien dort zuzubringen. Und es ist gar nirgends auf der Welt so schön wie dort." Josis Augen strahlten und seine Wangen waren errötet. Der Fremde aber legte ihm plötzlich die Hand auf den Kopf. „O du, Kind!" — Dann wollte er noch mehr sagen, aber mitten im Satz brach er ab und lief grußlos davon.

Jos blickte ihm verwundert nach. Was war das für ein seltsamer Mensch!

Am Eingangstor eines im Norden Münchens gelegenen Hauses, das einstmals gewiß stattlich gewesen, jetzt aber reichlich verwohnt und ausbesserungsbedürftig war, hatte bis vor kurzem noch ein kleines Schild gehangen: „Möblierte Zweizimmerwohnung zu vermieten." Jetzt war das Schild fort, und bei den acht verschiedenen Mietsparteien war große Aufregung. Diesmal waren Amerikaner der alten Bierlehner ins Garn gegangen. Sie selbst hatte es großtuerisch herumerzählt und so getan, als rissen sich bereits Ausländer um das Vorrecht, bei ihr wohnen zu dürfen. Na, diese Amerikaner würden schon ihre blauen Wunder erleben. Genau so, wie ihre vielen Vorgänger, die alle ohne Ausnahme nach drei, höchstens vier Monaten die vielgerühmte, möblierte Wohnung wieder verlassen hatten. Und jedesmal war diesem plötzlichen Umzug ein Mordskrach zwischen Mietern und Vermieterin vorausgegangen. Eines war sicher: in einem anderen Hause hätte sich der Hausbesitzer längst ein solches Kommen und Gehen mit diesen ständig sich wiederholenden Zankereien verbeten. Aber Fräulein Bierlehner war die Schwester des Hauswirts. Er mochte wohl befürchten, sie könnte ihm zur Last fallen und er müßte sie versorgen, wenn er ihr nicht erlaubte, Untermieter aufzunehmen. Daher ließ er sie gewähren. Man würde ja sehen, wie lange es diese Amerikaner bei ihr aushielten. Einfach war es bestimmt nicht, mit dieser zänkischen Alten in der gleichen Wohnung zu leben und mit ihr dieselbe Küche zu benützen, zu wissen, daß sie in ihrem Zimmer wie eine Spinne in ihrem Netz auf der Lauer lag, immer darauf bedacht, die Gespräche ihrer Untermieter zu belauschen und ihrem Tun nachzuspionieren. — Wenn man nur mit diesen Amerikanern einmal in nähere Berührung kommen könnte! Aber bisher hielten sie sich sehr zurück. Dem Mann begegnete man dann und wann im Treppenhaus. Er war nicht eigentlich das, was man sich unter einem Amerikaner vorstellte, er machte eher den Eindruck eines Bauern. Was er wohl hier wollte! Zu gerne hätte man einmal ein paar Worte mit ihm gewechselt, aber möglicherweise verstand er nicht einmal richtig deutsch. Man mußte sich schließlich doch bei der Bierlehner erkundigen. Die Frau hatte man überhaupt noch nicht zu Gesicht bekommen. Und darauf wartete man eigentlich mit noch größerer Spannung.

Indessen sich die Hausbewohner über Fräulein Bierlehners neue Untermieter den Kopf zerbrachen, saß die junge Frau in einem altmodischen Lehnstuhl am Fenster ihrer im vierten Stock gelegenen Wohnung und blickte traumverloren über die vielen Dächer, die sich vor ihr ausbreiteten. Sie sah leidend aus. Ihr schmales Gesicht, das noch fast kindliche Züge trug, war bleich, der Ausdruck der Augen müde. Ihr weiches Haar fiel in hellen Locken auf die Schultern herab und gab ihr ein mädchenhaftes Aussehen. Über ihre Knie hatte sie eine warme Reisedecke gebreitet, auf der ihre Hände, die klein und zierlich geformt waren und fast durchsichtig wirkten, ruhten. Anne-Maria saß nun schon seit einigen Stunden und wartete. Ihr ganzes Dasein war eigentlich ein Warten. Obgleich sie sonst recht geduldig und fügsam war, mußte sie jetzt doch manchmal bei sich feststellen, daß ihr dieses Warten und Ausharren schwer fiel. Augenblicklich wartete sie wieder einmal auf ihren Mann. Ein gewisses Bangen überfiel sie in Gedanken an ihn.

So stark wie in diesen Tagen hatte sie die Ruhelosigkeit noch nie an ihm wahrgenommen. Was war es nur? — Nun hatte er doch, wonach er sich die ganze Zeit beinahe krankhaft gesehnt hatte. Sie waren in Deutschland, in der Heimat! — Aber, anstatt daß sein Gemüt freier wurde, schien es schlimmer zu werden. Vielleicht würde es besser, wenn sie erst ihre eigene Wohnung hatten. Hier konnte man ja auf die Dauer nicht bleiben. Anne-Maria verstand, daß es ihrem Manne in diesen engen Zimmern sein müßte, als erdrücke es ihn, und daß es ihn ständig hinauszog. Ihr selbst ging es nicht viel anders. Aber ihr Gesundheitszustand erlaubte ihr nicht, das Haus zu verlassen, und nun blieb ihr nichts anderes übrig, als zu warten. Warten! Sie hatte nie gewußt, daß das so schwer sein könnte. Aber vielleicht fiel es hier schwerer, weil sie noch nicht heimisch geworden war in ihrer neuen Umgebung. Es war alles so fremd, so kalt, so unpersönlich. Wenn sie dann erst eigene Möbel, ein eigenes Heim hatten, und wenn — jetzt röteten sich ihre bleichen Wangen ein wenig — wenn erst einmal das Kleine da war — das Kind. — Gewiß würde die Ruhelosigkeit dann auch von ihrem Manne abfallen. Dann wußte er, wofür er lebte und arbeitete. Ja, wenn das Kind erst da war, dann erst würden sie beide hier recht daheim sein. — Daheim! — Dieses Wort weckte mit einem Schlag unzählige Erinnerungen. Sie sah die Farm des Vaters im fernen Amerika. In seinen jungen Jahren war er aus Mecklenburg mit vielen anderen ausgewandert, um sich im fremden Lande eigenen Besitz zu erarbeiten. Ein mühevolles Schaffen war es gewesen, aber er hatte sein Ziel erreicht. Eines der deutschen Mädchen, das zur gleichen

Zeit mit ausgewandert war, hatte ihm die Hand zum Ehebund gereicht und ihm im Laufe der Jahre neun Kinder geschenkt. Die Eltern, die das Heimweh nie ganz überwunden hatten, prägten es ihren Kindern ein, daß sie Deutsche seien, und pflegten Heimatsprache und Heimatsitten, soweit das im fremden Lande möglich war, in aller Treue. So kam es, daß die Kinder sich danach sehnten, das Land, das die Eltern einst verlassen hatten, kennenzulernen, und, wenn möglich, einmal dort zu leben. Daß die einstmals Ausgewanderten fest zueinander hielten, war selbstverständlich, und jeder, der im Laufe der Zeit aus Deutschland kam, galt als Bruder. So war der große Bayer eines Tages auch zu Anne-Marias Eltern gekommen. Er war nun auch schon etliche Jahre im fremden Lande, aber heimisch war er dort nicht geworden, obgleich er eine gute Anstellung in einer nicht weit entfernten Stadt gefunden hatte. Er war kein Mann vieler Worte, saß meistens schweigsam zwischen ihnen; aber sie schätzten ihn bald wegen seiner lauteren Gesinnung und guten Charaktereigenschaften. Und weil er unverheiratet war und außerdem in Deutschland keine Angehörigen mehr hatte — Vater und Mutter waren schon lange tot —, bot man ihm in selbstloser Weise auf der väterlichen Farm Heimatrechte. Da ging ihm das Herz auf für die jüngste der Töchter, die junge Anne-Maria. Er war fünfzehn Jahre älter als sie. An ihrem zwanzigsten Geburtstag heirateten sie und Anne-Maria hatte es bis heute nicht bereut. Ihr „großer Bär", so nannte sie ihren Gatten oft scherzhaft, sorgte rührend für sie und tat, was er ihr von den Augen ablesen konnte, so daß die Eltern den Schwiegersohn manchmal warnten:

„Verwöhne deine Frau nicht so, sonst wird sie für den Kampf des Lebens untauglich. Sie ist von Kind auf zu arbeiten gewöhnt, laß es nur dabei!" Dann sah er sie mit seinen treuen Augen lächelnd an: „Die kleine Anny und arbeiten?" und hob sie auf seine starken Arme, als wäre sie ein Spielzeug. Aber bei all ihrem Glück spürte sie gar bald, daß über ihren Gatten immer wieder eine Unruhe kam, die ihn dann so wortkarg und bedrückt machte, daß sie sich um ihn sorgte. Sie drang dann in ihn, um den Grund seiner Unruhe zu erfahren und merkte, daß das Heimweh ihn schier verzehrte. „Ich halte es nicht aus in der Fremde", stöhnte er, „sie tötet mich."

„So reisen wir in die Heimat."

Er wußte im ersten Augenblick vor Erstaunen nichts zu erwidern. Dann fragte er: „Und du könntest dich wirklich trennen von der Farm, auf der du aufgewachsen bist, von den Eltern und Geschwistern?"

„Ich gehöre jetzt zu dir", war ihre Antwort gewesen, „und dann bin ich doch auch Deutsche wie du. Ich kehre mit dir zurück in die Heimat." Da hatte er sie stürmisch in seine Arme gerissen und sie vor lauter Dankbarkeit beinahe erdrückt. „Du — du — — das willst du tun?"

Und dann hatte er sich erst nach längerer Zeit zur Reise entschließen können. Eltern und Geschwistern war es schwer gefallen, sich von Anne-Maria zu trennen, die das Nesthäkchen war. Dennoch hatte keines auch nur mit einem Wort versucht, sie zurückzuhalten. Wenn doch die Heimat rief! Und einige der Geschwister hatten versprochen: „Wir kommen so bald wie möglich nach."

Die Seereise war schrecklich gewesen. Anne-Maria

hatte gemeint, sterben zu müssen und war elend geblieben, auch als alle anderen Mitreisenden die Seekrankheit längst überwunden hatten.

„Es wird besser werden, wenn wir wieder an Land sind", hatte ihr Mann zu trösten versucht, aber auch dann war es nicht anders geworden. Nun wußte sie, daß sie einem Kind das Leben schenken sollte und schob ihr Übelbefinden diesem Zustand zu. Sie hatten München als ihren Wohnort erwählt. Ihr Mann meinte, hier die besten Berufsaussichten zu haben. — Wenn er nur erst eine günstige Wohnung finden würde, so daß man sich nicht so behelfen müßte, wie hier in den unfreundlich möblierten Zimmern, von deren Wänden die verstorbenen Anverwandten des Fräuleins Bierlehner herniederblickten. Ein kleines Häuschen im Grünen außerhalb der Stadt müßte es sein, wo man nicht nur Mauern anzustarren hatte. Man brauchte glücklicherweise nicht allzusehr zu sparen, denn Anne-Marias Vater hatte der Tochter ihr Erbteil ausbezahlt und ihr Mann hatte sich ein schönes Stück Geld erspart. Die junge Frau sehnte sich nach einem Garten mit Bäumen, deren Zweige sich im Winde bewegten und unter denen sie ihr Kind wiegen wollte. Und Blumen, viele Blumen müßten auf dem Rasen wachsen! Aber auch Gemüse und Beerenobst wollte sie ziehen, wenn erst die Zeit wieder da war, wo sie sich kräftig fühlte und arbeiten konnte. — Vor allem sehnte sie sich nach Licht und einem freien Ausblick. Es beelendete sie geradezu, hier nichts anderes als Mauern und Dächer vor Augen zu haben. Die Straße war eng, dunstig und ohne Licht. Anne-Maria meinte manchmal, hier ersticken zu müssen. Ach, wenn sie da an ihr Elternhaus dachte! — An die weiten Wiesen und

Felder, an den Wald, der zur elterlichen Farm gehörte! Was würden Vater und Mutter, Brüder und Schwestern sagen, wenn sie wüßten, in welcher Enge und Einsamkeit sie hier lebte! — Über das Gesicht der jungen Frau rann jetzt eine vorwitzige Träne, die sie aber zornig abwischte. Was fiel ihr ein! Nein, sie durfte doch nicht mit dem Heimweh anfangen! Ihre Heimat war jetzt hier bei ihrem Manne. Nun hieß es eben noch eine kleine Weile auszuhalten, bis das richtige Stück Boden gefunden war, auf dem man heimisch werden und gesunden konnte.

Schritte auf der Treppe rissen die junge Frau aus ihrem Sinnen. Gleich darauf trat ihr Mann ein.

„Kleine Anny, hast du wieder so lange warten müssen!" Er kniete am Lehnstuhl nieder und umschlang mit beiden Armen die zierliche Gestalt seiner Frau.

„Ja, ja, das scheint die wichtigste Lektion zu sein, die ich augenblicklich zu lernen habe, das Warten", sagte sie und strich ihm das wirre Haar aus der Stirn. Da sah sie, daß seine Augen trüb waren.

„Was ist dir?" fragte sie und küßte ihn.

Er schwieg eine Weile und barg den Kopf in ihrem Schoß.

„Darf ich es nicht wissen?"

Da blickte er zu ihr auf. „Anne-Maria, ich habe etwas gesehen, das hat in mir alles aufgewühlt, was ich längst glaubte, zur Ruhe gebracht zu haben. Morgen mußt du mit mir kommen, daß ich es dir zeige."

„Wie kann ich?" fragte sie.

„Und wenn ich dich auf meinen Armen durch die Straßen trage, du mußt es sehen."

*

Am nächsten Tag um die Mittagszeit, als man noch am ehesten mit der Sonne rechnen konnte, die in diesen herbstlichen Tagen oft schon von feuchten Nebeln verdrängt wurde, sah man die „Amerikaner" aus ihrem Hause treten. Die Mitbewohner standen neugierig an den Fenstern, halbverborgen hinter den Gardinen, und blickten ihnen neugierig nach. Dann gab es ein allgemeines Treffen im Hausgang.

„Habt ihr sie gesehen?"

„Die Frau sieht aus wie das reinste Kind."

„Und elegant ist sie auch nicht."

„Die ist nichts Besseres als wir."

„Na, ich danke, in solch billigem Lodenmantel würde ich nicht ausgehen."

„Und krank scheint sie auch zu sein. Wie hat sie sich schwer auf ihren Mann gestützt und nach jedem zehnten Schritt sind sie stehengeblieben!"

„Wer weiß, was die Bierlehnerin sich da aufgeladen hat!"

Indessen führte der „Amerikaner" seine junge Frau durch die engen Gassen der Hauptstraße zu. Es war wirklich ein mühevolles Vorwärtskommen, denn Anne-Maria wurde von einer Schwäche nach der andern befallen. Geduldig blieb ihr Mann immer wieder mit ihr stehen, so daß sie ausruhen konnte. Sie wiederum versuchte sich tapfer zu beherrschen, um ihm nicht die Freude an ihrem ersten Ausgang zu trüben.

„Ich bin so gespannt auf das, was du mir zeigen willst", sagte sie und lächelte ihrem Manne zu.

„Komm nur, hoffentlich ist es noch da!"

Und dann standen sie vor der Kunsthandlung. Die junge Frau stieß einen Ruf der Bewunderung aus. „O wie wunderschön!" Plötzlich war es ihr, als ob der Arm ihres Mannes, auf den sie sich stützte, leise zitterte. Sie sah ihn fragend an und erschrak, als sie sein Erbleichen bemerkte.

„Das ist meine Heimat!" sagte er endlich in tiefer Ergriffenheit. „Am Fuße dieser Berge liegt Mittelberg, wo ich geboren bin."

„Wie schön, wie wunderschön!" wiederholte sie und vermochte die Augen nicht von dem Gemälde zu wenden. — Und nach einer Weile: „Sag', könnten wir dort nicht leben? Mir ist's, als könnte ich dort genesen." Bittend blickte sie zu ihrem Manne empor und bettelte wie ein Kind: „Liebster, laß uns in deine Heimat ziehen! — Warum hast du mir nie etwas Näheres davon erzählt?"

Er aber schüttelte stumm den Kopf, und auf einmal war es ihr, als trage er an einer Bürde, von der sie nichts wisse, es war ihr, als ob ein Geheimnis zwischen ihnen stehe. Das machte sie plötzlich unsagbar traurig. Ehe sie aber noch etwas sagen oder fragen konnte, wurde sie auf einen Jungen aufmerksam, der mit großen Sprüngen die Straße überquerte und direkt auf sie lossteuerte.

„Sind Sie auch wieder hier?" rief er dem Mann zu, als seien sie gute, alte Bekannte. „Denken Sie, morgen läßt mein Vater das Bild holen, er hat es mir gesagt. Gut, daß Sie heute noch einmal hergekommen sind. Ich habe schon daran gedacht, ob ich Sie wieder treffen würde. Ist das Ihre Tochter?"

Anne-Maria blickte erstaunt auf den kleinen Bekannten ihres Mannes, von dem er ihr noch gar nichts gesagt hatte. Sein offenes Gesicht mit den klaren Kinderaugen erwärmte ihr Herz gleich im ersten Augenblick für ihn.

„Wer ist denn der Kleine?" fragte sie ihren Mann. Dieser hatte Jos die Hand zum Gruß gereicht. Zu seiner Frau gewandt, erwiderte er: „Der Junge erzählte mir gestern, daß sein Vater dieses prächtige Gemälde gemalt habe. Seinen Namen kenne ich nicht."

„Ich heiße Jos Heidemann", antwortete das Kind prompt. Dann sah er Anne-Maria an. „Gefällt Ihnen das Bild auch?"

„Ja", sagte sie, „es ist so wunderschön, daß man direkt Sehnsucht bekommt, dort zu sein."

„Nicht wahr! — Ja, so geht es mir auch. Ich kann es immer kaum erwarten, bis es wieder Sommer wird und wir nach Mittelberg fahren. Wir waren auch jetzt, in den großen Ferien, wieder sechs Wochen dort. Vielleicht darf ich diesmal auch während der Weihnachtsferien ins Walsertal. Ich soll nämlich Skis bekommen." Lebhaft und kindlich plauderte der Junge. Er tat kein bißchen fremd. Plötzlich schien es ihm aber doch einzufallen, daß er gar nicht wisse, wie sein neuer Bekannter heiße. So forderte er harmlos: „Jetzt müssen Sie mir aber auch Ihren Namen sagen."

Anne-Maria, die immer größeren Gefallen an dem Jungen fand, lächelte. Ihr Mann aber antwortete: „Ganz recht, ich habe dich gefragt, wie du heißt, jetzt darfst du auch wissen, wer ich bin. Ich heiße Anton und das hier ist meine Frau Anne-Maria."

„Ihre Frau?" wunderte sich Jos. „Ich dachte, es sei Ihre Tochter, weil sie noch furchtbar jung aussieht." Gleich verbesserte er sich aber, weil es ihm war, als habe er etwas Unziemliches gesagt. „Ich meine, daß es schön ist, daß Sie noch eine so junge Frau bekommen haben, wo Sie doch schon so alt sind."

Jetzt zog auch über des Mannes Gesicht ein Lächeln.

Jos aber schien noch nicht ganz zufriedengestellt zu sein. „Aber Sie heißen doch nicht nur Anton, Sie haben doch sicher noch einen anderen Namen."

„Ich heiße Anton Matt."

„Matt? Ach, wie lustig! So heißt meine Großmutter in Mittelberg — Franziska Matt, und meine Mutter hat auch genau so geheißen, nur noch Steffa dazu, Steffa Matt. Die ist aber gestorben."

Josi wollte noch weiteres berichten, aber in diesem Augenblick fühlte er sich plötzlich mit hartem Griff an den Schultern gepackt — ein verzerrtes Gesicht näherte sich dem seinen und ein zitternder Mund stammelte: „Bub — Bub — wie war das? Sag das noch einmal!"

Anne-Maria begriff nicht, was in ihren sonst so ruhigen Mann gefahren war. Sie gewahrte nur seine furchtbare Erregung und fragte bestürzt: „Anton, ich bitte dich — was ist dir?" Der aber hatte das Kind schon wieder losgelassen und lehnte wie erschöpft an der Hausmauer, indem er vor sich hinmurmelte: „Es kann nicht sein — nein, nein, es ist unmöglich —" Plötzlich schien er sich an seine Frau zu erinnern, die ihn noch immer fassungslos anblickte. Wie bleich sah sie aus! — „Verzeih", bat er, „das lange Stehen strengt dich zu sehr an. Wie konnte ich das vergessen! Du solltest jetzt ein wenig ruhen." Er wandte sich dem ebenfalls höchst erstaunten Jos zu. „Weißt du hier in der Nähe eine Parkanlage, wo meine Frau sich ein wenig setzen könnte?" Ja, Jos wußte einen Platz, wo Bänke standen. Nur ein paar Minuten entfernt. Eifrig zeigte er den Weg. Fürsorglich geleitete Anton Matt seine junge Frau über die Straße. Ihre Augen suchten immer wieder sein Gesicht. Sie sah, es war ein Sturm in ihm losgebrochen, aber die Zusammenhänge waren ihr unbekannt. Sie litt mit ihm und wußte doch nicht, wie ihm zu helfen war.

Von einem nahen Kirchturm klangen Glockenschläge. Jos, der sich, als verstehe sich das von selbst, mit seinen neuen Freunden auf der Bank niedergelassen hatte, sprang erschrocken auf. „Ich muß nach Hause. Ich habe ja ganz vergessen, daß es Zeit zum Mittagessen ist."

Anton Matt, der die Arme auf die Knie gestützt und schon eine ganze Weile schweigend vor sich hingestarrt hatte, hob den Kopf. Er sah aus, als sei er in wenigen Augenblicken um vieles älter geworden.

„Nein, Kind, du kannst noch nicht gehen", sagte er, „du mußt es mir noch einmal wiederholen. Wie hieß deine Mutter?"

„Steffa Matt. — Aber jetzt muß ich wirklich gehen, man ängstigt sich sonst um mich."

„Gleich kannst du gehen, nur noch eins: Und wie heißt deine Großmutter in Mittelberg?"

„Franziska Matt."

„Und lebt dein Großvater auch noch?"

„Nein, der ist schon vor vielen Jahren bei einem Lawinenunglück ums Leben gekommen, so hat mir der Vater erzählt. Aber jetzt, Herr Matt, darf ich wirklich nicht länger bleiben. Man wartet auf mich." Er reichte beiden die Hand und sprang eilig davon.

„Es kann nicht sein", stöhnte Anton Matt, „es ist unmöglich." Da legte Anne-Maria mütterlich die Hand auf seine Rechte. „Liebster, willst du mir nicht alles sagen? Warum lässest du mich nicht teilnehmen an deinem Leid?"

Er antwortete nicht gleich. Dann aber nahm er ihren

Arm. „Komm, laß uns nach Hause gehen. Du sollst alles wissen."

Und dann sprach Toni Matt zu seiner jungen Frau von der Not, die in all den vergangenen Jahren, seitdem er gegen den Willen der Eltern die Schnitzkunst erlernt hatte, auf ihm lastete. — „Als ich damals im Trotz und mit dem Vorsatz, nie wieder zurückzukehren, die Heimat verließ, ahnte ich nicht, wie arm man werden kann, wenn man keine Verbindung mehr mit der Heimat besitzt. Wohl litt ich keine Not, ich hatte Erfolg, verdiente gut, konnte zeitweise den vielen Arbeitsaufträgen kaum nachkommen, aber froh wurde ich deswegen doch nicht, denn immer zehrte das Heimweh an mir. Und dann kam jener Tag, an dem ich in einer Zeitung las, in Mittelberg, einem kleinen Ort im Walsertal, sei ein furchtbares Unglück geschehen. Über das Gehöft des Lukas Matt, das unterhalb des Heubergs zwischen Mittelberg und Hirschegg lag, sei eine Grundlawine gegangen und habe alles Lebendige, Menschen und Vieh, erstickt. Nichts sei mehr zu retten gewesen. Das große, prächtige Gehöft sei vollkommen vernichtet. Ich wußte, das war mein Heimathaus, und die Betroffenen waren meine Eltern, meine Schwester. Anny, du kannst dir nicht vorstellen, was diese Nachricht für mich bedeutete. Wie ein Faustschlag ins Gesicht traf sie mich — nein, es ging tiefer, sie durchbohrte mein Herz. Als ich dann kurze Zeit danach einen Bekannten aus meinem Heimatort traf und, allerdings nur flüchtig, auf der Straße mit ihm sprechen konnte, bestätigte dieser mir das Unglück. Da hielt ich es daheim nicht länger aus und ging ins Ausland. Aber ich kam auch dort nicht zur Ruhe. Tag und Nacht verfolgte mich die Anklage: Du bist in

Groll und Streit von den Deinen gegangen und nun gibt es keine Möglichkeit mehr, etwas gutzumachen. Jetzt begriff ich auch den Wunsch meiner Eltern, mir als ihrem einzigen Sohn den Hof, für den sie sich in harter, mühsamer Lebensarbeit eingesetzt hatten, zu übergeben. Ich verstand auf einmal, wie schmerzlich es für sie gewesen sein mußte, daß ich sie verließ und in die Fremde zog. Jetzt begriff ich ihr Bitten und Drohen, aber es war zu spät; sie waren tot. War ich denn damals blind und taub gewesen? — Anne-Maria, ich wünsche keinem Menschen solche Gewissenqualen, wie ich sie durchlebt habe. Damals meinte ich, Ruhe zu finden, wenn ich mir selbst eine Strafe für meine Verkehrtheit auferlege. Ich sagte mir: Nie mehr darf dein Fuß den Boden der Heimat, den du mißachtet hast, betreten. Wie ein Ausgestoßener und Geächteter mußt du sein. Wie es weiterging, weißt du. Das Heimweh zehrte an mir wie eine Krankheit, selbst unser Eheglück war nicht imstande, es zu verdrängen. Vielleicht sind wir Kinder der Berge besonders innig mit unserem Heimatboden verwachsen. Zwar dachte ich nicht an eine Rückkehr ins Walsertal, aber zurück nach Deutschland wollte ich wenigstens, wo man meine Heimatsprache spricht und wo ich die Berge meiner Heimat wieder einmal sehen konnte. Und nun finde ich vor einigen Tagen dieses Bild, diese wunderschöne Landschaft, und stehe mit klopfendem Herzen davor und alles in mir schreit: Da bist du zu Hause — das ist deine Heimat! Ich habe mich dagegen gewehrt, bin davongelaufen, wollte das Bild nicht mehr sehen, aber es war, als zögen mich unsichtbare Hände immer wieder zurück. Und jetzt treffe ich dieses Kind, das mich in harmloser Weise anspricht, es werden

Namen genannt, die alles in mir wieder wachrufen. Ich sehe meine fleißige Mutter vor mir, sie war immer herb und verschlossen, aber dennoch seelengut, und meine kleine, liebliche Schwester, Steffa. — Ich habe hin und her überlegt, aber ich weiß von keiner zweiten Franziska Matt in Mittelberg und ebensowenig gibt es noch eine weitere Steffa Matt. — Und doch kann ich es nicht fassen. Mutter soll leben und ist nicht bei jenem furchtbaren Unglück umgekommen? Und Steffa soll die Mutter dieses Knaben sein, der mir da plötzlich begegnet? Allerdings, wenn das so wäre, dann hätte ich eine Erklärung für die Unruhe in meinem Innern, die nie zum Schweigen kam, so sehr ich es auch wünschte. Dann wüßte ich, weshalb mich das qualvolle Heimweh nie verließ. Die Gedanken meiner Mutter und Schwester, die sich gewiß oft mit mir beschäftigten, waren es, die mich umhertrieben."

„Und wohl auch ihre Sehnsucht", unterbrach ihn Anne-Maria. „O Toni, wenn sie noch lebten!"

„Der Junge sagt, seine Mutter sei gestorben."

Jetzt wurde die junge Frau ganz lebendig. „Du mußt dir Gewißheit verschaffen." Aber ihr Mann zweifelte noch immer. „Ich kann nicht daran glauben, daß noch jemand von den Meinen lebt. Und wäre es so, so bliebe doch die Tatsache bestehen, daß meine Mutter mir damals die Türe gewiesen hat." Da schlang Anne-Maria die Arme um seinen Hals und blickte ihm innig in die Augen: „Liebster, eine Mutter kann nicht ewig zürnen. Geh jetzt gleich und erkundige dich nach der Wohnung des Malers. Sicher kannst du das in der Kunsthandlung erfahren. Und dann suche ihn sofort auf. Geh, Toni, geh sofort, du wirst bestimmt Gewißheit erlangen."

Die kleine zarte Frau schien plötzlich von neuer Kraft durchdrungen zu sein. Sie vergaß ihre körperliche Schwäche im Gedanken an ihren Mann, dem es vielleicht vergönnt war, endlich zur Ruhe zu kommen und seine Last loszuwerden. Ihr mütterliches Herz war von dem einen Gedanken erfüllt, zu helfen, trennende Klüfte zu überbrücken.

Als Jos zu Hause ankam — nicht ohne Schuldbewußtsein, denn er hatte sich doch ziemlich verspätet —, hatte man bereits gegessen. Die Großmutter war in die Stadt gegangen, um Besorgungen zu machen. Sein Vater, der vom Fenster aus sein Kommen bemerkt hatte, öffnete ihm die Türe und fragte in verärgertem Tone: „Jos, wo bleibst du wieder? Es geht auf keinen Fall, daß du dir solche Bummelei angewöhnst." Der Junge faßte seines Vaters Hand: „Vati, nicht böse sein! Ich habe wirklich nicht gemerkt, daß es schon so spät war, — und ich mußte der jungen Frau doch erst die Anlagen zeigen. Die scheint nämlich krank zu sein. Und denk dir, Vater, wie lustig, der Mann heißt genau so wie Großmutter in Mittelberg — Matt, Anton Matt. Aber weshalb er so aufgeregt wurde, als ich ihm es erzählte, begreife ich nicht. Er mußte sich plötzlich an die Wand lehnen und ganz schwer atmen. Nachher, als ich mit ihnen in der Anlage saß, mußte ich alles noch einmal ganz genau erklären."

Tobias war aufmerksam geworden. Aber der Bericht, den Jos soeben ziemlich verworren gegeben hatte, wurde ihm nicht verständlich. Es konnte doch nicht möglich sein, daß ...

Jos ließ ihm aber keine Zeit, seinen Gedanken nachzugehen. „Und, Vati, der Mann hat noch gesagt: ‚Es kann nicht sein, es ist ganz unmöglich!' Aber ich weiß nicht, was er damit gemeint hat."

„Jetzt komm, iß erst einmal und dann erkläre mir vor allem, wer der Mann ist, von dem du da sprichst, und wann und wo du ihn getroffen hast. Du kannst doch nicht einfach mit irgendwelchen fremden Menschen anbändeln."

„Das sind auch nicht irgendwelche, das ist doch der Mann, der dein Bild kaufen wollte. Ich hab' dir doch schon davon erzählt."

„Sag' mir noch einmal seinen Namen!"

„Anton Matt heißt er, ich habe ihn gefragt. Und seine Frau heißt Anne-Maria und die ist furchtbar nett und noch sehr jung. Sie sieht aus wie ein Mädel."

Sophie brachte jetzt die Suppe. Warnend hob sie den Finger: „Warte nur, Josi, wenn du noch einmal so spät kommst, dann gibt es nichts mehr zu essen."

Tobias Heideman ging im Zimmer auf und ab. Das Gehörte bewegte ihn stark. Sollte Jos wirklich Toni Matt, Steffas Bruder, begegnet sein? — Er erinnerte sich eines Gespräches mit seiner Mutter. Erst vor wenigen Tagen war es gewesen. Sie hatten über Franziska Matt gesprochen. Die Mutter hatte der Hoffnung Ausdruck gegeben, der verschollene Sohn werde schließlich doch noch aufgefunden werden und zu seiner alten Mutter zurückkehren. „Bei Gott ist kein Ding unmöglich", hatte sie gesagt, und Tobias war über diese Zuversicht wieder einmal recht verwundert gewesen. Und dann schien es ihm doch, es sei unmöglich, daß sie in ihrer Hoffnung getäuscht werde.

„Wenn es im Plane Gottes liegt, daß er heimkehrt", hatte die Mutter gesagt, „so findet Gott Mittel und Wege, ihn zur Umkehr zu bewegen. Ich glaube noch heute an Wunder und habe noch nicht aufgehört, für Anton Matts Heimkehr zu beten."

Nie hätte Tobias es gewagt, geringschätzig über das Beten seiner Mutter zu denken, hatte er doch die Macht ihrer Gebete so oft schon verspürt. Ihre Zähigkeit in Dingen, die sie sich einmal vorgenommen hatte, kannte er. Sie nannte es zwar anders. Sie sprach vom „Anhalten" am Gebet. Und wenn er an das dachte, was alles Mutter schon mit ihren Gebeten erlebt hatte, dann konnte er nicht anders, als eine höhere, wenn auch für ihn unerklärliche Macht anzuerkennen. War es nicht die Mutter gewesen, die Steffa gesucht und gefunden und die Verbindung mit ihr aufrechterhalten hatte? War es nicht ihrem Einfluß zuzuschreiben, daß Steffa innerlich zur Ruhe kam, auch als sie wußte, daß keine Hoffnung zur Genesung mehr vorhanden war? War es nicht der Mutter gelungen, auch zum Herzen der verbitterten Frau Matt den Schlüssel zu finden? — Etwas Ehrfurchtgebietendes ergriff ihn immer wieder, wenn er an alles das dachte. — Und wenn er ehrlich war, mußte er sich gestehen, daß in ihm schon manches Mal der Wunsch rege geworden war: Besäße ich auch solchen Glauben!

Plötzlich blieb er vor seinem Jungen stehen: „Jos, wo wohnt dieser Mann?"

„Wer? Der Herr Matt? Das weiß ich nicht. Danach habe ich ihn nicht gefragt. Warum willst du das wissen, Vater? Du willst ihm doch nicht etwa das Gemälde verkaufen?"

„Nein, nein, — aber man muß unbedingt nach seiner Adresse forschen."

*

Jos saß vor seinen Schulaufgaben. Sein Vater hatte sich in sein Zimmer zurückgezogen. Sophie steckte den Kopf zur Türe herein.

„Josi, bist du bald fertig? Träumst du wieder, anstatt zu arbeiten? Dabei hat es schon vier Uhr geschlagen. Sorg nur, daß du fertig wirst, ehe die Großmutter zurückkommt."

Der Junge beugte sich über seine Arbeit. Des Mädchens Vorwurf war nicht ganz unberechtigt. Er hatte sich wirklich wieder einmal ganz vergessen. Es gab aber auch so viel Wichtiges zu bedenken. Die Sache mit dem Herrn Matt wurde immer geheimnisvoller. Wenn er nur wüßte, warum sich dieser plötzlich so erregt hatte. Und was bedeutete es nur wieder, daß der Vater nun die Adresse haben wollte? — Aber jetzt mußte er wirklich an die Rechenaufgaben gehen. Der Aufsatz war endlich fertig geworden. Jos bezweifelte zwar selbst, daß der Lehrer mit ihm zufrieden sein werde. Aber Lehrer sind immer schwer zufriedenzustellen. — Mit den besten Vorsätzen begann Jos jetzt seine Teilungsaufgaben. Aber es wird einem kleinen Jungen oftmals unglaublich erschwert, sein ernsthaftes Wollen in die Tat umzusetzen. Er hatte noch nicht die erste Rechnung fertig, als jemand an der Torglocke zog. Man mußte doch wissen, wer das war. Jos sprang an das Fenster des Erkers, von dem man Garten und Eingang überblicken konnte. Gleich darauf stieß er einen leichten Schrei der Verwunderung aus: „Da ist er ja!"

Im nächsten Augenblick stand er vor seinem Vater: „Rate, wer kommt! Der Anton Matt."

Tobias sprang auf, erregt und voller Erwartung. „Tatsächlich?"

Jos war schon die halbe Treppe hinuntergesprungen. „Wohin?" rief der Vater.

„Ihn holen."

„Sind deine Schulaufgaben fertig?"

„Nein, noch nicht ganz."

„Dann wirst du zuerst deine Pflicht erfüllen."

„O Vater!" Zwei enttäuschte Kinderaugen bettelten.

„Geh jetzt, mein Junge, vielleicht rufe ich dich nachher."

Seufzend fügte sich Jos. Am nächsten Tag stellte der Lehrer fest, daß seine sämtlichen Rechenaufgaben falsch waren. „Was soll das bedeuten, Heidemann?" fragte er. „Das ist ja eine unerhörte Verschlechterung. Eine solche Arbeit hast du mir bisher noch nicht geliefert." Da sah Jos zuversichtlich zu ihm empor. „Herr Lehrer, das war nur vorübergehend. Es wird schon wieder besser werden."

Sophie hatte den Fremden, der den Kunstmaler Heidemann zu sprechen wünschte, in dessen Zimmer geführt. Nun saßen sich die beiden Männer gegenüber. Ein sekundenlanges stummes Fragen in ihrem forschenden Blick ging von einem zum anderen und der ernsthaften Unterredung voraus. — Zwei Männer, grundverschieden in Aussehen und Art, verschieden in Herkunft und Zielsetzung, und doch wußte es einer vom anderen schon jetzt: Auch du trägst eine Last; der Pflug des Lebens hat dir solche Furchen in dein Antlitz gezogen. Aber es ist nicht Männerart, allzurasch das Innerste zu offenbaren. Ohne weitere Umschweife gingen sie dann stracks auf das Ziel ihrer Unterredung los.

„Was wissen Sie von meiner Mutter, Franziska Matt, in Mittelberg?" fragte der Fremde, nachdem er sich vorgestellt und kurz erklärt hatte, daß Tobias' Bild und dann vor allem Jos die Ursache seines Hierseins sei.

„Von Frau Matt kann meine Mutter Ihnen mehr sagen als ich", erwiderte Heidemann. „Sie kennt sie besser und kommt jedes Jahr wenigstens einmal mit ihr zusammen. — Ihre Schwester Steffa aber ist meines Sohnes Mutter." Während er antwortete, stellte Tobias fest, daß der Fremde keine Ähnlichkeit mit seiner Schwester habe. Steffa war zierlich und fein gewesen, dieser aber war groß und wirkte fast schwerfällig. Einen würdigen Gegensatz zu seinem wuchtigen Körper bildeten seine Hände. — Ja, Hände und Augen glichen denen Steffas! Diese Tatsache brachte es wohl mit sich, daß der andere ihm jetzt nicht fremd erschien. — Er las die unausgesprochene Angst in diesen ausdrucksvollen Augen und gewahrte das unruhige Spiel der wohlgeformten Hände, die gar nicht zu der großen Männergestalt zu passen schienen.

Anton Matt, der nie fließend reden konnte, suchte auch jetzt mühsam nach Worten, um seine Erkundung nach den beiden Frauen zu begründen. Heidemann unterbrach ihn.

„Es ist nicht not, daß Sie mir das alles erzählen. Ich weiß es von Steffa. Ihr Drang in die Fremde, der Wunsch, Ihren Neigungen und Begabungen zu leben und einen Beruf zu erlernen, in dem Sie Ihrem Talent entsprechend schaffen konnten, wurde von Ihren Eltern nicht verstanden. Es kam zu Auseinandersetzungen, in deren Verlauf Sie die Heimat verließen. Daß Ihr Vater bei einem Lawinenunglück ums Leben gekommen ist, werden Sie wohl wissen. Ihre Mutter aber und Steffa . . ."

Anton Matt unterbrach ihn erregt. „So ist es also wahr, daß sie am Leben blieben? — Ich kann es noch immer nicht fassen und habe die ganze Zeit befürchtet, es könnte sich schließlich doch noch um andere Personen gleichen Namens handeln." —

„Nein, sie sind es wirklich; Steffa aber ist inzwischen gestorben." — Es war Tobias nicht möglich, weiter zu sprechen. Zu stark packte ihn wieder einmal die Erinnerung.

Anton Matt schüttelte verwundert den Kopf: „Sie brachte es fertig, das Walsertal zu verlassen, nachdem sie Ihre Frau geworden war?"

Heidemann antwortete nicht gleich. Wer war dieser Mann, daß er zu ihm von den unvergeßlichen Erlebnissen jener Zeit sprach? Aber waren es nicht Steffas Augen, die ihn anblickten, diese schönen, guten Augen! — Er konnte nicht anders, er mußte antworten: „Wir waren nicht verheiratet", fuhr er fort. — — „Es steht Ihnen frei, mich zu verurteilen. Wir kennen uns auch zu wenig, als daß ich Ihnen alles erklären könnte, eines aber dürfen Sie wissen: Steffa war mir lieb, wie sonst kein Mensch; mit ihrem Tode hat der gute Engel meines Lebens mich verlassen." Er stützte den Kopf in die Hände.

Der andere sah ihn schweigend an. Endlich sagte er: „Verurteilen? — Herr, wer gibt mir ein Recht dazu? Ich kann mir zwar vorstellen, daß meine Schwester in jener Zeit, wo sie das Kind hatte, ohne verheiratet zu sein, in unserem Heimattal Schweres durchleben mußte, und daß ihr Schmähungen und Demütigungen nicht erspart blieben. Aber wie könnte einer es wagen, über sie oder sonst jemand ein Urteil zu fällen, der so wie ich selbst schwere Schuld auf sich geladen hat? Denn daß ich im Groll die Eltern verließ und ihr fleißiges Schaffen gering achtete, — ihr Schaffen, das nur uns, ihren Kindern, galt —, das war Schuld, nichts anderes als Schuld. — Nein, ich hätte am wenigsten ein Recht, einen anderen zu beschuldigen. Aber für mich lag die Strafe schon in meinem Tun, denn, Herr, es gibt nichts Schlimmeres, als heimatlos zu sein, — heimatlos durch eigene Schuld, das zu verlieren, was einem lieb und wert, ja heilig hätte sein müssen. Diese Erkenntnis kam mir erst, als ich die Heimat nicht mehr besaß. Vordem habe ich dieses Gut gering geachtet und nicht gewürdigt. Als ich es aber verloren hatte und zur Heimatlosigkeit verdammt war, da gingen mir die Augen auf für das, was ich drangegeben hatte. Mir war's, ich gliche jenem, der sein Erstgeburtsrecht für ein Linsengericht verkauft hatte. Wie von Gott und Menschen verlassen, so kam ich mir vor. — Es wurde auch nicht anders, als ich mich verheiratete. Ich habe eine herzensgute Frau, aber dieses quälende Heimweh konnte auch sie nicht von mir nehmen, so gerne sie es getan hätte. Sie überredete mich schließlich, nach Deutschland zu ziehen, obgleich sie von der wirklichen Not meines Innern nichts wußte, denn ich habe ihr dieses traurige Kapitel meines Lebens nicht erzählt. Meine Eltern waren, wie ich meinte, tot. Ich konnte nichts mehr gutmachen. Warum also sollte ich darüber reden? Seit einiger Zeit wohnen wir hier in München. Vielleicht wählte ich diesen Ort, um nicht allzuweit vom Walsertal entfernt zu sein. Und nun geschieht es, daß ich Ihr Bild sehe — meine Heimat. Da brachen all die alten Wunden, die nie ganz verheilt waren, wieder in mir auf. Wie eine Krankheit kam es über mich; schreckliche Qualen habe ich ausgestanden. All mein Geld und Gut, das ich mir in langen Jahren erarbeitet habe, hätte ich darum gegeben, zu meinen Eltern zurückkehren zu dürfen und ihnen zu sagen: ‚Verzeiht mir, daß ich so an euch gehandelt habe, und laßt mich versuchen, alles wieder gut zu machen!' Aber es war ja zu spät. Sie waren tot, gestorben, ohne daß wir uns ausgesöhnt hatten. — Und dann treffe ich das Kind, und es erzählt mir kindlich, harmlos von seiner Großmutter im Walsertal." — Und plötzlich, mitten in seiner Rede, sprang Anton Matt auf, so heftig, daß der Stuhl polternd hinter ihm umstürzte.

„Sie lebt!" rief er. „Sie lebt! Herrgott im Himmel, ich darf keine Zeit verlieren — ich muß zu ihr — selbst wenn sie meiner noch jetzt in Groll gedächte."

Auch Tobias war aufgestanden. Die Beichte dieses Mannes, der ihm, dem Fremden, ein solches Vertrauen entgegengebracht und ihm solch tiefen Einblick in sein Inneres gewährt hatte, ergriff ihn eigenartig. So also konnte Heimweh sein. — Als Anton Matt jedoch jetzt fortstürmen wollte, hielt er ihn zurück. „Bleiben Sie noch", bat er. „Es wird noch manches zu besprechen sein. Ihre Mutter hat sich natürlich in diesen Jahren sehr verändert. Wenn Sie noch etwas warten, können Sie mit meiner Mutter sprechen. Sie kann Ihnen mehr sagen als ich."

Anton Matt stand einen Augenblick unschlüssig da. Einesteils drängte es ihn, seiner Frau mitzuteilen, was ihm nun zur Gewißheit geworden war, anderenteils aber hätte er auch zu gerne mehr über seine Mutter erfahren. — War es ihm nicht schon jetzt, da er sie noch unter den Lebenden wußte, als sei die Last, die ihn drückte, nicht mehr so schwer wie seither. Noch während er überlegte, hörte man Schritte im Hause. Tobias öffnete die Türe und rief fragend: „Mutter, bist du es?"

„Ja, ich bin soeben zurückgekehrt."

„Bitte, komm doch mal in mein Zimmer."

Gleich darauf stand Frau Heidemann vor den beiden Männern. Fragend blickte sie Anton Matt an. Da trat Tobias zu ihm, legte, noch unter dem Eindruck des eben Gehörten, den Arm um seine Schulter, und sagte: „Mutter, hier ist einer, der an Heimweh schier zugrunde gegangen ist. Toni Matt, Steffas Bruder!"

Da verklärte ein Schein unaussprechlicher Freude das Gesicht Frau Heidemanns. In tiefer Ergriffenheit faltete sie die Hände und sagte: „Selig sind, die da Heimweh haben, denn sie sollen nach Hause kommen."

*

Ungewöhnlich früh war der Winter über das Walsertal hereingebrochen. Bereits Ende August hatte man die Hochalpen räumen und mit dem Vieh zu Tal ziehen müssen, denn die Nachtfröste hatten schon eingesetzt und die „Starzelluft", ein eisiger Wind, verkündete baldigen Schneefall. Während die Münchener Kinder unter den belaubten Bäumen Eicheln und Kastanien sammelten, sauste die Mittelberger Jugend auf ihren Skihölzern bereits wieder die Hänge herunter. Ihr Jauchzen über die Winterfreuden füllte das Tal. Auch aus den Städten kamen jetzt schon die ersten Wintersportler, die es nicht erwarten konnten, ihre Bretter zu besteigen. In der Bahn, die sie nach Oberstdorf brachte, besprachen sie erwartungsvoll die sportlichen Möglichkeiten

„Der Wetterbericht ist günstig", erklärte ein unternehmungslustiges junges Mädchen. „Jetzt wird man doch wohl auch noch ein Unterkommen finden. Ein paar Wochen später ist im Walsertal ja alles bis in den letzten Winkel hinein besetzt. Ich denke, daß ich diesmal ein Zimmer in der alten Krone, wo man sehr gut speist, nehme." Sie wandte sich an einen Herrn, der den Eckplatz des Abteils einnahm und sich bisher mit keinem Wort an der Unterhaltung beteiligt hatte. Schweigsam blickte er aus dem Fenster und schien sich für die Mitreisenden nicht zu interessieren. Das ärgerte gerade das junge Skihaserl. Sie hatte den feschen Skianzug doch nicht angezogen, damit kein Mensch davon Notiz nahm. Nun reizte es sie erst recht, seine Aufmerksamkeit auf sich zu lenken.

„Sie fahren gewiß auch zum Skisport?" begann sie. „Ihrem Aussehen nach könnte ich mir vorstellen, daß Sie ein gewandter Skiläufer sind."

Anton Matt wandte sich ihr zu. „Meinen Sie mich?"

„Ja, gewiß", nickte sie eifrig.

Er schüttelte den Kopf. „Nein, ich fahre nicht zum Skisport ins Gebirge." Und damit betrachtete er die Unterhaltung als beendet und vertiefte sich wieder in die schönen Landschaftsbilder, an denen der Zug ihn vorübertrug. Es war ihm nicht möglich, jetzt über belanglose Dinge zu sprechen, während in ihm alles fieberhafte Erwartung war. Er kehrte heim nach zwanzigjähriger Abwesenheit! Eine einzige Melodie erfüllte sein Inneres: Heimat! — Heimat. — Die Räder des Zuges sangen dieses Lied, die sauberen Dörfer, die Wälder und Wiesen, auf denen hier und da noch die Herbstzeitlose blühte — alles, was sein Auge in sich aufnahm, schien ihm zuzuwinken: Heimat! Heimat! — Sein pochendes Herz, der Schlag seines Pulses, alles, alles stimmte mit ein in den langentbehrten und doch vertrauten Klang dieser Melodie, die nur dann und wann von einem neuen Akkord übertönt wurde, und der hieß: Mutter!

Ein fast verlegenes Lächeln huschte einen Augenblick über das sonst so ernste Gesicht des Mannes. War es nicht gerade so, als sei er ein Kind, dem eine große Überraschung bevorstand? — Und dann durchströmte ihn plötzlich ein warmes Empfinden, das ihn unsagbar froh machte. Das Kind seiner Mutter blieb man ja immer, selbst wenn sich bereits einzelne Silberfäden durch das Haar zogen, so wie es bei ihm der Fall war. — Und in diesem Augenblick spürte er es deutlich, daß auch er trotz allem, was hinter ihm lag, das Kind seiner Mutter geblieben war. — Wie war es doch wohltuend und befreiend für ihn gewesen, als er durch Frau Heidemann erfuhr, die Mutter halte sich nur noch an der einen Hoffnung aufrecht, Toni, ihr Sohn, werde doch eines Tages heimkehren. — Also zürnte sie ihm nicht mehr.

„Ich komme, Mutter — ich komme!" In Gedanken versunken sagte er es vor sich hin und errötete verlegen, als das junge Mädchen ihn fragte: „Bitte, was sagten Sie eben? Ich habe es nicht verstanden."

„Ich habe nicht mit Ihnen gesprochen", erwiderte er fast unfreundlich. Sie sollte ihn doch in Ruhe lassen! Das Mädchen aber warf den anderen Mitreisenden einen Blick zu, der bedeuten konnte: Bei dem stimmt's wohl nicht ganz.

Anton Matts Gedanken aber gingen weiter. Sie durchliefen noch einmal die beiden letzten Tage. Immer wieder kam es ihm wundersam vor, wie eins ins andere gegriffen hatte, so daß jetzt ein Ganzes daraus wurde. War es nicht so, als habe ihn eine höhere Hand erfaßt und auf den Weg geleitet, der ihn nun zur Heimat führte? — Wenn er an die mütterliche Frau Heidemann dachte, dann durchflutete ihn ein Gefühl wärmsten Dankes. Wie lieb hatte sie von seiner Mutter gesprochen! Wie freundlich sich um Anne-Maria angenommen.

„Was", hatte Frau Heidemann gesagt, „Sie haben eine junge Frau von Amerika mitgebracht, und es geht ihr im Augenblick gar nicht gut? Und jetzt sitzt sie mutterseelenallein in der engen Kramstraße? Ich muß hin und nach ihr schauen." Und gleich am anderen Morgen hatte sie Anne-Maria besucht und war entsetzt gewesen über die sonnenlose Wohnung. „Hier können Sie auf keinen Fall bleiben", hatte sie gesagt. „Sie brauchen Licht und Luft, um zu Kräften zu kommen."

Die kleine Frau aber hatte tapfer gelächelt und gesagt: „Wir bleiben ja auch nicht mehr lange hier. Nun, da Tonis Mutter noch lebt, werden wir wohl bald in seine Heimat ziehen." Bewegt hatte sie die Hände der Dame ergriffen und fuhr fort: „Ich kann Ihnen nicht sagen, wie dankbar ich bin, daß alles so gekommen ist. Jetzt wird mein Mann erst von Herzen froh werden, so wie ich es immer für ihn ersehnt habe. Ich will jetzt gerne noch ein Weilchen warten. und Geduld haben. Glauben Sie, es ist mir schon wohler, seitdem ich beobachte, daß Toni anfängt aufzuatmen. Es war gewiß oft die Sorge um ihn, die mich in letzter Zeit so lahmlegte. Jetzt wird ja alles gut." Eine starke Zuversicht hatte aus ihren Augen geleuchtet. Frau Heidemann aber hatte kurz entschlossen befohlen: „Herr Matt, Sie packen am besten gleich Ihre Sachen zusammen. Morgen fahren Sie ins Walsertal zu Ihrer Mutter. Ihre Frau aber kann während Ihrer Abwesenheit unmöglich allein bleiben. Die Einsamkeit ist nichts für sie, das sehe ich ihren Augen an. Sonst springt das Heimweh, das jetzt endlich von Ihnen weicht, auf sie über, und das dürfen wir keinesfalls zulassen. Außerdem gefällt mir Ihre Wirtin nicht. Es scheint mir notwendig, daß Sie so bald wie möglich dieses Haus verlassen. Ich lade Sie ein, bis Ihre Verhältnisse geregelt sind, meine Gäste zu sein."

Anton Matt hatte das Anerbieten nicht annehmen wollen, obgleich die Augen seiner jungen Frau baten: Sag' doch ja! Sie hatte ihr Herz schon im ersten Augenblick dieser gütigen Frau aufgetan.

„Wir haben Platz genug", hatte Frau Heidemann gesagt, „und mir ist es eine große Freude, Ihnen ein wenig zu helfen. Ich tue es sehr gerne schon im Gedanken an Steffa, die mir lieb war. Und dann ist es nötig, daß man sich gerade jetzt dieser kleinen Frau ein wenig annimmt." Liebevoll sah sie Anne-Maria an.

So war man noch am gleichen Tag in die Gartenstraße umgezogen. Fräulein Bierlehner hatte zwar, wie nicht anders zu erwarten war, noch einen gehörigen Krach geschlagen, obgleich sie sich über keinen Verlust zu beklagen hatte. Die übrigen Hausbewohner waren ebenfalls außerordentlich entrüstet über die Amerikaner, die, wie es sich jetzt herausstellte, gar keine waren, denn eine der neugierigen Frauen behauptete, den Mann richtig deutsch und außerdem mit einem unverkennbar bayerischen Einschlag sprechen gehört zu haben. Somit war die Bierlehner mit ihren Ausländern auch wieder hereingefallen.

Wenn einer sich über diesen Gang der Dinge freute, dann war es Jos, der sich durch den Neubesitz einer Tante und eines Onkels sehr bereichert fühlte. — „Eigentlich bin ich schuld, daß alles so kam", hatte er Sophie anvertraut. „Ich habe nämlich den Onkel Toni zuallererst kennengelernt und angesprochen. — Und wie wird sich die Großmutter in Mittelberg freuen, wenn er zu ihr kommt. Dann hat sie doch auch einen, der ganz zu ihr gehört, und ist nicht mehr so allein. Ich bin aber froh, daß die Tante Anny noch ein wenig bei uns bleibt. Die mag ich nämlich sehr gern."

Im Bewußtsein, daß seine Frau gut aufgehoben sei, war Anton Matt heute morgen beruhigt abgereist.

„Grüße mir deine Mutter", hatte Anne-Maria beim Abschied gesagt, „und ich könne es kaum erwarten, bis ich zu ihr kommen dürfe."

Warum fuhr der Zug nur so langsam? Anton Matt spürte drängende Ungeduld in sich. Das Lachen und Schwatzen der Mitreisenden begann ihn zu stören. Wenn man nur schon am Ziel wäre!

In Oberstdorf bekam man wieder einmal keinen Anschluß. Der nächste Wagen fuhr erst einige Stunden später. Die Skifahrer zerstreuten sich in die verschiedenen Hotels und Gaststätten. Sie hatten ja Zeit. Nur einzelne Ungeduldige machten sich zu Fuß auf den Weg nach Riezlern oder Mittelberg. Allen voran Anton Matt. Viel lieber wollte er die dreieinhalb Stunden durch den Schnee stampfen als so lange sitzen und warten. Schon von hier ab war ihm die Gegend vertraut und bekannt. Wie oft war er als Kind mit dem Vater und später allein nach Oberstdorf gewandert, um Besorgungen zu machen! Einige Male hatte er sogar seine kleine Schwester mitgenommen und sie, wenn die Beinchen versagten, wohl auch streckenweise auf dem Rücken getragen. — Ach, seine kleine, zierliche Steffa, die jetzt schon ihr Plätzchen auf dem stillen Gottesacker neben der Kirche gefunden hatte! — Wie deutlich sah er alles wieder vor sich! — Ob der Pfarrer noch da war? Und Huber, der Meßner, dem sie als Jungen so manchen Streich gespielt hatten, wenn sie ihm beim Glockenläuten halfen. Gewiß hatte sich in den zwanzig Jahren seiner Abwesenheit manches verändert. Schon in Oberstdorf war es ihm aufgefallen, daß da neue, stattliche Häuser gebaut und die Straßen verbessert worden waren, — alles für die Fremden, von denen man hier oben abhängig war. — Ja, in zwanzig Jahren konnte viel geschehen! Und doch war es ihm, als sei es erst vor kurzem gewesen, daß er das Walsertal verließ. — Eine Erinnerung nach der anderen kam ihm, als er bergauf stapfte. Der Schweiß brach ihm aus, sein Herz hämmerte zum Zerspringen. Da erst wurde er gewahr, daß er ein unmögliches Tempo angeschlagen hatte. — Einen Augenblick hielt er atemholend inne. Dann aber stürmte er schon wieder weiter. Nie hätte er in Worte kleiden können, was in ihm vorging. Wäre er sich nicht unmännlich vorgekommen, er hätte seinen Tränen freien Lauf gelassen, um diesem Sturm der Gefühle Befreiung zu schaffen. — Heimat! — Heimat!

Als er um eine Wegbiegung kam, erhoben sich vor ihm die felsigen Gottesackerwände und der Hoch-Ifen. Wie liebe, alte Freunde schienen sie ihn zu grüßen: „Kommst du endlich?" — Übermannt von diesem Wiedersehen, hob er die Hand wie zum Gegengruß. Er war zu Hause — zu Hause! Gott im Himmel, wie war es möglich, daß er es so lange draußen ausgehalten hatte! Zu seinen Füßen rauschte die Breitach. Er hätte jubeln mögen in dem Frohgefühl, daß er ein Kind seiner Heimat geblieben war.

O wie freute er sich darauf, Anne-Maria hier einzuführen! „Er geriet in ein unternehmendes, frohes Planen und berauschte sich an Zukunftsgedanken. — Ein Haus würde er bauen, nicht weit weg von dem Platz, wo das elterliche Gehöft gestanden hatte, nur an geschützterer Stelle. Dort würden sie zusammen leben, Anne-Maria und er, mit dem Kind. Und die Mutter würde selbstverständlich bei ihnen sein. Er wollte, so wahr ihm Gott helfe, dafür sorgen, daß ihr ein friedlicher Lebensabend beschieden war. Alles, alles wollte er gutmachen, was er in all diesen Jahren an ihr versäumt hatte. Und dann sollte ihr Haus auch für Fremde offenstehen. Aber nicht etwa nur, um durch sie zu gewinnen, nein, er dachte an solche, die sich aus der Unruhe der Städte und des Alltags in die Stille der Berge flüchten und dort zur Besinnung kommen wollten. Ihnen sollte ihr Haus offenstehen. Anne-Maria, das wußte er, würde es verstehen, ein sonniges Hausmütterchen zu sein. Er selbst würde seiner Schnitzkunst weiter nachgehen. Gewiß würde er Besseres leisten als je zuvor, da er nun Heimatluft atmete und heimgefunden hatte.

*

Im Gasthaus zu den Dreiheiligen war bereits wieder Hochbetrieb. Gestern waren die ersten Wintergäste eingetroffen, eine größere Gesellschaft von Skisportlern. Der Wirt schmunzelte. So gefiel es ihm. Zimmer- und Küchenmädchen hasteten durch's Haus. Die Wirtin aber kommandierte: „Schnell, schnell! Es eilt, die Zeit ist kostbar."

Frau Matt stand am heißen Herd. In einer halben Stunde sollte zu Abend gegessen werden. Sie war müde. Dieses Hetzen und Jagen vom frühen Morgen bis zum späten Abend ging längst über ihre Kräfte. Sie sehnte sich nach Ruhe, und doch konnte sie gerade Untätigkeit nicht ertragen, weil sie ohne die Arbeit immer gleich in dieses zermürbende Grübeln verfiel. In der Arbeit vergaß sie sich noch am meisten. — Wenn nur die Kräfte durchhielten, bis — — Ja, worauf wartete sie eigentlich? Sie seufzte.

„Frau Matt, die Suppe kocht über!" rief eines der Mädchen.

Mit kräftigem Ruck zog diese den schweren Topf vom Feuer. — Nein, das hätte sie sich in jungen Jahren nicht träumen lassen, daß sie sich bis in ihr Alter hinein so plagen müsse — und dazu für Fremde. Damals, als sie an der Seite ihres fleißigen Mannes auf eigenem Grund und Boden schaltete — aber was fiel ihr heute nur ein! Wahrlich, sie hatte keine Zeit, sich solchen Gedanken hinzugeben.

In der großen, mit Blumen geschmückten und geschmackvoll eingerichteten Vorhalle des Dreiheiligengasthauses stand Anton Matt und blickte sich suchend um. Der Wirt trat verbindlich lächelnd zu ihm und sprach ihn an: „Der Herr wünscht gewiß ein Zimmer?" Er könne von Glück sagen, denn morgen schon sei alles besetzt. Der frühe Schnee locke eben die Sportslustigen in Scharen ins Walsertal.

Anton Matt kam endlich zu Wort. Nein, er wolle kein Zimmer — er müsse Frau Matt — Franziska Matt, sprechen.

„Ach so!" sagte der Wirt gedehnt und gab sich keine Mühe, seine Enttäuschung zu verbergen. Dann gab er dem Hausknecht den Befehl, Frau Matt zu rufen. Der Fremde aber stieg kurz entschlossen hinter diesem her zu der im Untergeschoß gelegenen Küche.

„Ein Herr will Frau Matt sprechen!" rief der Hausknecht durch die offene Türe. Es dauerte eine Weile, bis die Gerufene aus Dampf und Küchenlärm heraustrat. — Kein Wort vermochte Toni zu sagen. Die Knie zitterten ihm. Wie war die Mutter alt und müde geworden! Und hier in diesem lauten Betrieb mußte sie ihren Lebensabend verbringen, in schwerer Arbeit und Unruhe. Bittend streckte er ihr die Hände entgegen. — Für den Bruchteil einer Sekunde blickte sie unsicher, dann aber hallte ein Schrei durch das Haus: „Toni — mein Sohn!"

Er fing die Wankende in seinen Armen auf und barg ihren ergrauten Kopf an seinem Herzen.

„Mutter", flüsterte er, „jetzt bleibe ich bei dir und gehe nie mehr fort."

In der Küche war es für einen Augenblick totenstill geworden. Die gewohnten Geräusche schienen plötzlich wie verstummt zu sein. Kein Deckelklappern, kein eiliges Laufen auf den Steinfliesen. Wie erstarrt hatten alle den Vorgang durch die offene Türe miterlebt. Auch die Dreiheiligenwirtin, die bei Hochbetrieb dann und wann in der Küche mithalf, war Zeuge dieser Heimkehr gewesen. In ihren Augen schimmerte es feucht.

„Der elende Küchendampf", schalt sie und wischte sich mit der Schürze das Gesicht, um ihre Rührung, die ihr wie unwürdige Schwäche vorkam, zu verbergen. Gleich darauf ertönte ihr Kommando wieder: „Vorwärts, beeilt euch; mit der Franziska ist heute nicht mehr zu rechnen. Die kommt nicht vor morgen früh. — Maria und Joseph, wer hätte das gedacht, daß der noch einmal heimkommt!"

Franziska Matt kam aber überhaupt nicht mehr. Die Wiedersehensfreude war zuviel für sie gewesen. Vielleicht war es ihr seither möglich gewesen, ihre schon recht verbrauchten Kräfte immer erneut zusammenzuhalten durch die Hoffnung auf die Wiederkehr ihres Sohnes. Und nun war er da, auf dessen starken Arm sie sich stützen konnte. Franziska Matt wurde krank. Wenn die schwere Last ihres an Enttäuschungen reichen und sorgenvollen Lebens sie hart und widerstandsfähig gemacht hatte, so daß sie, wenn auch freudlos und erbittert, doch stets ihre Pflicht erfüllte, — die Freude, die sie jetzt erlebte, warf sie um und machte sie hilflos. Angstvoll blickte Toni in das durchfurchte Gesicht der Mutter, aus dem jede Farbe gewichen war. Schwer und mühsam kam und ging ihr Atem. Sollte er sie etwa verlieren, jetzt, da er sie endlich gefunden hatte? In stummer Bitte falteten sich seine Hände: Gott im Himmel, nur das nicht — nur das nicht!

Der Arzt kam und stellte eine Herzschwäche fest, die sich jedoch verlieren würde, wenn die Erschöpfte vollkommene Ruhe und Pflege genießen könne. An eine schwere Arbeit, wie sie diese bisher geleistet habe, sei jedoch nicht mehr zu denken.

„Das versteht sich von selbst", erwiderte Anton Matt, „auch wenn sie nicht krank geworden wäre, brauchte sie nicht mehr zu arbeiten." Nach München schickte er ein Telegramm, das die Erkrankung der Mutter meldete. — Und nun saß er stundenlang an ihrem Bett. Seine bloße Gegenwart schon schien ihr gut zu tun. Die Dreiheiligenwirtin sorgte — das muß man ihr lassen — gewissenhaft dafür, daß beide, Mutter und Sohn, ihre Mahlzeiten pünktlich erhielten. Eines der Zimmermädchen wurde beauftragt, die beiden Dachstübchen in Ordnung zu halten.

Am Abend des zweiten Tages trat plötzlich Anne-Maria an das Bett der Kranken. „Hier bin ich, Mutter. Ich will dich pflegen, damit du bald gesund wirst und uns noch lange erhalten bleibst." Und lieblich errötend beugte sie sich zu Franziska Matt hernieder. „Du mußt mir doch helfen, mein Kind zu erziehen, weil meine Mutter so weit fort ist."

Die Kranke blickte erstaunt die junge Frau an, die da so plötzlich und, als sei das ganz selbstverständlich, vor ihr stand. Toni aber war glückselig aufgesprungen und zog die kleine Frau in seine Arme. „Mutter, das ist Anne-Marie."

„Aber hast du mir nicht erzählt, daß es ihr selbst augenblicklich nicht gut ginge?" fragte diese.

„Es war auch so", erwiderte Anne-Marie, „aber schon seit einigen Tagen fühle ich mich bedeutend wohler, und als die Nachricht von deiner Erkrankung kam, wußte ich sofort, daß mein Platz jetzt bei dir sei, denn mein großer Bär hier versteht doch nichts von Krankenpflege." Sie hob ihr Gesicht zu Toni und lächelte ihn schelmisch an. „Und die Reise ist mir ausgezeichnet bekommen. Je näher ich dem Walsertal kam, desto freier fühlte ich mich. Und dann die Luft hier oben — ach, es ist alles so wunderbar — gar nicht zu beschreiben. Jetzt pflege ich dich gesund, Mutter, und später hilfst du mir. Du mußt nämlich wissen, daß ich noch sehr unerfahren bin und noch viel lernen muß."

Mit innigem Wohlgefallen ruhten die Augen der Kranken auf dem Gesicht der Schwiegertochter. Wie ein Frühlingsgruß mutete deren Frische sie an. In aufwallender Zärtlichkeit streckte sie die Arme nach ihr aus und zog sie zu sich herab, um sie auf die Stirne zu küssen. Anton wandte sich ab, um seine Bewegung zu verbergen. Er erinnerte sich nicht, die Mutter je so zärtlich gesehen zu haben. Als sie ihm aber gleich darauf den Auftrag gab, aus der Bodenkammer die alte, blaue Wiege zu holen, in der er selbst, Steffa und auch Josi gelegen hatten, damit Anne-Marie sie sähe, sprang er in großen Sätzen wie ein übermütiger Junge davon. — Er war zu Hause und seiner Mutter Kind.

*

Wintersonne in den Bergen, über denen sich ein blauer Himmel strahlend wölbte. Auf dem Bänkchen vor der Staffelalper Sennhütte saß Tobias Heidemann. Sein Künstlerauge nahm die ihn umgebende Schönheit genießerisch in sich auf. Es war ihm warm geworden beim Aufstieg. Hier oben brannte die Sonne geradezu. Er nahm den Hut vom Kopf und öffnete den Mantel. Ach, wie unaussprechlich schön war es hier oben! Und diese Stille, diese wohltuende, befreiende Stille, die so beruhigend wirkte. — Weißt du noch? begann es wieder — weißt du noch? — Und plötzlich war es ihm, als sei Steffa in seiner Nähe. So stark kam es über ihn, daß er sich suchend nach ihr umblickte.

„Steffa!" flüsterten seine Lippen. — Wie steht es doch in den letzten Aufzeichnungen deines Büchleins? — Es ist, als sei ich bisher in der Fremde gewesen und dürfe jetzt heimkehren. — So schriebst du, kurz bevor sich deine Augen für immer schlossen. — Heimkehren! — Ach, könnt' ich's glauben! — Könnt' auch ich heimkehren! — Seltsam war es ihm in den letzten Monaten ergangen. Ein Aufruhr war in ihm losgebrochen. War daran die Beichte Anton Matts schuldig, der davon gesprochen hatte, wie das Gefühl der Heimatlosigkeit über ihn gekommen war, daß er sich in der Fremde wie ein Darbender vorkam? Und hatte nicht auch er verloren — drangegeben, was ihm einst lieb und wert, ja heilig gewesen war, den Glauben seiner Kinderzeit? — Er sah sich im Geist an den Knien der Mutter lehnen, wie er mit gefalteten Händen die Kindergebete nachsprach, die sie ihm vorsagte. Wie froh und unbeschwert war er damals gewesen! Und dieses Frohsein begleitete ihn noch lange, bis in seine Jünglingsjahre hinein. Wohl war sein Weg nicht immer eben verlaufen, aber diese quälende Unruhe war eigentlich erst über ihn gekommen, als er sich von Gott losgesagt hatte. — War es ihm jetzt nicht manchmal, als sei auch er seit jener Zeit heimatlos? — Innerlich heimatlos? — Aber ein Zurück konnte es für ihn doch auch nicht geben! Wie konnte er sich wieder aneignen, was der Verstand einst bewußt abgelehnt hatte? — Der Verstand? — Tobias Heidemann erhob sich und begann vor der Hütte auf und ab zu gehen. — Von Zeit zu Zeit blieb er stehen und blickte hinunter in das Tal, das in seiner winterlichen Schönheit ein prächtiges Bild bot. Oder er schaute hinüber zu den Schafalpen, die majestätisch in den strahlend blauen Himmel ragten. Welch ein Motiv für sein künstlerisches Schaffen lag da vor ihm! Wie in Andacht versunken, stand er lange Zeit. Und dann kam es plötzlich wie eine Erleuchtung über ihn. Nein, es war nicht anders möglich, als daß eine solche vollendete Schönheit und Harmonie aus der Hand eines Schöpfers hervorgegangen sein mußte; ihr Entstehen konnte nicht einem bloßen Zufall zuzuschreiben sein. Was Tobias aber nicht fassen konnte, war, daß dieses höhere Wesen sich um den einzelnen Menschen kümmern sollte, und daß der Mensch in einem persönlichen Verhältnis zu Gott stehen könne. — — Wieder nahm Tobias seinen Gang auf. — Wie wohltuend empfand man die Sonnenstrahlen an solchen Wintertagen! — Es kam über ihn wie damals in jenem Sommer, als er Steffa kennenlernte. Hier oben bleiben können, nie mehr zurückmüssen in den Kampf und die Not des Lebens — wenn das ginge! Dann aber dachte er an seine Mutter. Hatte sie nicht auch in ihrem Alltag auszuharren? War nicht auch ihr Dasein reich an Enttäuschungen und Leid gewesen? Und doch war es, als trage sie beständig ein Licht durch diesen grauen Alltag. Und dieses Licht — leuchtete ihr dieses nicht gerade durch ihr Verhältnis zu Gott? Für sie gab es auch keinen Zufall, sondern Fügung. Und das war es, was ihm in letzter Zeit immer zu schaffen machte. Er hatte in seinem Dasein nach Beweisen für solche Fügungen gesucht und wirklich genügend gefunden. Eigentlich zog sich durch sein ganzes Leben eine Kette von Geschehnissen, die wirklich wie von höherer Hand zugeordnet schienen. Er hatte nur nicht darauf geachtet. Und wenn er an das Heimfinden des Anton Matt dachte, dann schien wirklich dabei so etwas wie Fügung mitzusprechen.

War es nicht auch merkwürdig, daß es gerade sein Gemälde war, das Anton den Weg nach Hause zeigte?

Wie hatte die Mutter gesagt? Gott habe sich seiner als Werkzeug bedient! Und warum mußte Matt gerade nach München kommen? Und wie kam es, daß Jos mit ihm zusammentraf, ihn ansprach und durch sein kindliches Geplauder den Aufruhr in seinem Innern entfachte, aus dem dann doch die Heimkehr wurde? — War denn das alles nicht Fügung? Fügung einer unsichtbaren Hand? Ach, es mußte schön, mehr als schön sein, es mußte Trost und Beruhigung bedeuten, zu diesem erhabenen Schöpfer der Welt in einem Vertrauensverhältnis zu stehen und, so wie die Mutter es tat, ihn Vater nennen zu können. — — War vielleicht gerade deshalb in seinem Leben so manches ganz verkehrt gegangen, weil er längst nicht mehr nach Gott gefragt hatte? — In ehrlichem Suchen dachte Tobias zurück. Wann hatte er eigentlich Schluß gemacht mit dem Glauben an Gott? War es nicht damals, als er durch all das furchtbare Kriegserleben, durch die himmelschreiende Ungerechtigkeit, mit der ein Volk sich gegen das andere empörte, an allem irre wurde? — Aber war nicht Gott ein Gott der Harmonie und des Friedens? Zeigte das nicht seine wunderbare Schöpfung, die vollkommen und untadelig war? — Wie hieß doch dieser Vers, den er als Kind in der Schule gelernt hatte? — „Die Sünde aber ist der Menschen Verderben." — War es nicht vielleicht so, daß alles Unheil, alle Ungerechtigkeit daher kam, daß man es verlernt hatte, nach dem Willen Gottes zu fragen, daß keiner dem anderen Lebensraum und Lebensrecht einräumte, so wie Gott es vorschrieb?

Tobias Heidemann hielt in seinem Auf- und Abschreiten inne und seufzte. Ach, wer doch zur rechten Erkenntnis hindurchfände! Je älter er wurde, desto mehr schien es ihm, wie sinnlos das ganze Leben wäre, wenn es außer dem Irdischen und Vergänglichen nicht etwas Bleibendes gäbe.

„Josi, — Tobias, kommt . . .!" Mit diesen Worten hatte Steffa sie beide einst zum letztenmal gegrüßt. Sie hatte den Satz nicht vollendet. Ob es heißen sollte: Kommt mir nach? Ob sie jetzt wohl von einer andern Welt her die Zusammenhänge des Lebens überschauen konnte? Wer das doch wüßte! In ihrem Brief an ihn hatte sie geschrieben: Ich will nicht aufhören, Gott zu bitten, daß er dem Vater meines Kindes den Frieden seiner Seele wiederschenke. Besaßen diese Gebete wirklich solche Macht, daß ihm durch sie die Erkenntnis seiner inneren Leere zum Bewußtsein kam? — O wie sehnte er sich nach all der Unrast seines Lebens nach diesem Frieden!

„Steffa!" flüsterte er wieder. — Eines war sicher: die Macht der Liebe hatte sich als die stärkere erwiesen. Sie hatte die Macht des Fluches besiegt. Sonst wäre es nicht möglich gewesen, daß Franziska Matt ihm vor wenigen Tagen Nachricht geschickt hatte: „Komm, es soll alles zwischen uns geordnet sein! Laß uns alles Trennende überbrücken, alles Unrecht vergessen und Frieden schließen! Komm mit den Deinen und laß uns gemeinsam Weihnachten verbringen! Ich will dir nicht länger zürnen, denn ich habe erkannt, daß auch ich in der Härte meines Herzens manchen Fehler gemacht habe." — Wahrlich, die Macht der Liebe hatte gesiegt! Steffa, ich wünschte, du wüßtest davon.

*

Vom Mittelberger Kirchlein klang das Elfuhrläuten herauf zur Staffelalp. Das Fest der Liebe hatte begonnen. Tobias rüstete sich zum Abstieg.

Da trat aus dem Tannenwäldchen seine Mutter zu ihm, hinter ihr Jos mit winterfrischen Backen und glückstrahlenden Augen.

„Oma, du hast recht gehabt!" rief er freudig. „Der Vater ist auf der Staffelalp."

Frau Heidemann trat zu ihrem Sohn. „Ich wußte, daß wir dich hier finden würden. — Ach, Tobias, wie wunderschön ist es hier oben an Steffas Platz. Ist's nicht, als sei sie in unserer Nähe?" Und sie sprach aus, was ihn eben noch stark bewegt hatte: „Ob sie es weiß, wie wunderbar Gott alles gefügt hat? — Wie froh bin ich, daß nun auch Franziska Matt zur Ruhe kam, nun, da ihr Sohn heimgekehrt ist."

Plötzlich füllten sich ihre Augen mit Tränen. Sie faßte nach Tobias' Hand und sagte: „Es wartet noch eine andere Mutter auf ihres Sohnes Heimkehr."

Da umfaßte er sie und antwortete: „Ich glaube, er ist bereits auf dem Weg nach Hause."